しゅんきんしょう

春琴抄

〔日〕谷崎润一郎 著
しゅんきんしょう
たにざきじゅんいちろう

杨爽 译

人民文学出版社

谷崎润一郎
春琴抄

图书在版编目(CIP)数据

春琴抄/(日)谷崎润一郎著；杨爽译.—北京：人民文学出版社，2021
ISBN 978-7-02-012500-5

Ⅰ.①春… Ⅱ.①谷…②杨… Ⅲ.①中篇小说-小说集-日本-现代 Ⅳ.①I313.45

中国版本图书馆CIP数据核字(2017)第040815号

责任编辑	陈 旻
装帧设计	刘 静
责任印制	任 祎
出版发行	人民文学出版社
社 址	北京市朝内大街166号
邮政编码	100705
印 刷	三河市中晟雅豪印务有限公司
经 销	全国新华书店等
字 数	96千字
开 本	787毫米×1092毫米 1/32
印 张	6.625 插页5
印 数	1—6000
版 次	2021年5月北京第1版
印 次	2021年5月第1次印刷
书 号	978-7-02-012500-5
定 价	48.00元

如有印装质量问题,请与本社图书销售中心调换 电话:010-65233595

目　次

春琴抄 ················· 1

阴翳礼赞 ················ 93

恋爱与色情 ··············· 152

谷崎润一郎生平简历 ··········· 202

主要作品表 ··············· 205

译 者 序

谷崎润一郎是一扇门——一扇我得以进入日本近现代文学缤纷世界的大门。最先吸引我的，是他早期的一系列被称为"恶魔主义"的作品。这些作品呈现了一个绚烂瑰丽的感官世界，浓烈的色彩、璀璨的光线、痛切的触感，无一不让我看到一个年轻人如何带着新奇和旺盛的生命力，对这个世界贪婪而又酣畅淋漓地去体验、去感受。这些作品就像黑暗中发光的宝藏，吸引我前去一探究竟。而随后我发现的是一个更为广袤而幽深的文学世界。谷崎润一郎在从二十五岁发表处女作《刺青》，到八十岁离世之间长达五十多年的漫长人生中，除了六十七岁那年因健康状况不佳而息心静养之外，几乎每年都有大量作品源源不断地问世，可谓生命不息，笔耕不辍，是日本近代文学史上一位罕见的长寿而又多产的作家。谷崎润一郎构筑了一个庞大的文学帝国,透过"恶魔主义""受虐主义""女性崇拜""母性思慕"等等这些标签,我们都能从某一个侧面窥见其文学世界之一斑,但却无法把握其全部。这些标签所显示的是构成其文学的素材或线索,然而谷崎却有自己独到的方式和语言魅力将它们构筑起来。他对日语高超的驾驭能力,使他的文字读起来充满了优雅的美感。他的文章披着"变态"的外衣,但本质却十分的健康,就像作家其人,在自杀者众多的日本近代文坛十分异类地获得了长寿。他的文学直到最后都透着初期作品中那种年轻人所带有的新奇和旺盛的生命力。这种生命力让谷崎获得了日本帝国艺术院会员荣誉,并且成为了全美艺术院·美国文学艺术院第一位日本的名誉会员。

从如此多产的一位作家的作品中,要选出两三篇的中短篇来抛砖引玉,为中国的读者了解谷崎的文学打开一扇门,是非常困难的一件事。小说《春琴抄》和随笔《阴翳礼赞》《恋爱与色情》的入选让我对编辑老师的用心深以为然。《春琴抄》是谷崎小说的代表之一,各种富有真知灼见的研究成果汗牛充栋,作为译者我并不想有所僭越,去对这篇杰作品头论足,我只想提醒一下各位读者,正如所有优秀的文学作品一样,《春琴抄》也有着十分丰富的阅读维度,是把它当作一个坚贞不渝的爱情故事来欣赏,还是像许多读者和批评家一样就谁是害得春琴失去美貌的元凶做一番思索和探究,抑或是像末尾的和尚所说的那样,去体悟那种将基于视觉的现实之美永久锁在观念之中,让美得以永生的禅机,这些都交给读者去决定吧。日本著名小说家、文艺评论家伊藤整曾经这样评论谷崎的作品:"他的很多作品描写的是,对美或性的力量所导致的秩序崩溃的恐惧以及感动。"您不妨也来感受一下这种恐惧与感动吧。

《阴翳礼赞》是一篇影响深远的关于日本美学的文学性阐述。作者以随笔的形式阐述了"阴翳"在日本文化,特别是建筑美学中的表象与意义。这虽不是一篇逻辑严密,论据充分的科学论文,其中观点也不一定得到学者的首肯,如日本风俗史学者井上章一就对其中观点表达了不同意见,他认为阴翳之美和明亮之美,无论在日本建筑还是西洋建筑中都有表现,关注哪一方面不过是仁者见仁,智者见智的问题。然而谷崎的阐述却能引起读者强烈的共鸣,让人有茅塞顿开之感,深深地折服于作者深邃的洞察力与纤细敏锐的感受力。通过谷崎润一郎优雅冷峻的文字,您不妨也来感受一下区别于西方美学的日本美学的独特魅力吧。

《恋爱与色情》同样是一篇极具代表性的论述。它对日本人在恋爱与性生活方面的特征及其原因等做了精妙的阐述。文章对日本人在性与饮食生活方面表现出的特质,从日本的风土自然环境等方面作出了入木三分的观察和分析,这一点和《阴翳礼赞》有着相通的地方。作者借助与西方这一他者的比较,进行了自我内省与反思,作者有着深厚的古典文学功底,还对《源氏物语》进行了现代文的翻译,他旁征博引,对自古以来的日本人的性生活进行了独到的观察和分析,从他的文字中可以品味到千年以来溶解于日本人血液中的文化记忆。

谷崎润一郎的文字细腻优雅,读来醇厚绵长,回味无穷,这样的文字对译者来说是一个巨大的挑战,由于时间仓促,且译者水平有限,疏漏之处在所难免,欢迎读者批评指正。

春琴抄

春琴,本名鹀①屋琴,生于大阪道修町某药材商之家,殁于明治十九年(一八八六年)十月十四日,其墓位于市内下寺町的某净土宗寺庙之内。前些日路经此地,有心祭拜,遂前往寺内,一探其墓所在。男仆将我引至正殿后方,道:"鹀屋家之墓便在此处。"只见一丛山茶的树荫里,排列着几座鹀屋家历代先祖的墓冢,但春琴之墓却似乎不在其中。我追问鹀屋家曾有一女,如何如何,不知其墓何在?仆人思索片刻道:"如此倒另有一处或为施主所寻。"遂引我沿东侧陡坡上的阶梯拾

---

① 音 jú。

级而上。我知下寺町东侧的后方耸立着生国魂神社所在的高地,因此这个陡坡应是寺内与那片高地之间所形成的斜面。那是一处大阪市内并不多见的枝繁叶茂之地,春琴的墓冢就建在那斜坡中段一处狭小而平坦的空地上。墓碑正面刻着春琴的法名"光誉春琴惠照禅定尼",而背面则刻的是:"俗名鵙屋琴,号春琴,明治十九年十月十四日殁,享年五十八岁。"侧面还刻有"门人温井佐助敬立"的字样。春琴一生虽以鵙屋一姓终老,但与"门人"温井检校①过着实质上的夫妻生活,也正因如此,春琴墓才会像这样建在与鵙屋家墓地不同的地方吧。据寺庙男仆所言,鵙屋家早已没落,近年来只是偶尔会有后人前来祭拜,但即便如此也几乎没有到春琴墓前祭扫的,所以他根本没有想到这墓主人会是鵙屋家的人。我道:"此墓主难道从未有人祭祀?""倒也并不是一个人也没有。一位住在萩茶屋②的七十岁上下的老妇

---

① 检校:古代盲人官位的最高一级。朝廷对以琵琶、管弦、按摩、针灸等为业的盲人授予官位,包括检校、勾当、座头等,由总检校等统辖,一八七一年废止。
② 地名,位于现大阪府大阪市西成区。

人,每年会来个一两次,她在这个墓祭拜完之后,一定会到那边。可看到那边有一座小墓?"仆人一边指着春琴墓左侧的另一座墓冢一边说道,"她一定会去那座墓前供上香花,诵经的钱也是她给的。"顺着仆人所指,走到那小小的墓标前一看,那墓石的大小约为春琴墓的一半左右。墓碑正面刻着"真誉琴台正道信士",背面刻的是"俗名温井佐助,号琴台,鹑屋春琴门人,明治四十年十月十四日殁,享年八十三岁。"这便是那温井检校的墓了。萩茶屋的老妇人后文自有交代,此处不作赘述。只是这墓冢与春琴墓相比小了不少,且墓碑上刻"门人"身份,死后亦严守师徒之礼,检校遗志可见一斑。此时,夕阳余晖尽染,墓石之上金光灿然,我伫立山丘之上,放眼望去,宏伟的大阪市容尽收眼底。想来这一带丘陵早在难波津①时代就已横亘于此,面西的高地从这里一直向天王寺方向延绵而去。如今这里的花草树木都受了煤烟的戕害,失了生气,一株灰扑扑的枯树高高伫立,很是煞风景。然而在墓地修建当时,这里

---

① 大阪港的古名。

必定葱郁苍翠许多，即便到了今天，作为市内的墓地，这里也应该是最为幽静闲适、景致宜人的一处。师徒二人终其一生，成就了一段不解的奇缘，如今他们鸟瞰着暮霭中屹立着无数高楼大厦的东洋第一工业都市，永久地长眠于此。然而如今的大阪今非昔比，再难觅检校在世时的风貌。唯有这两座墓冢依旧相伴而立，似乎仍在互诉着师徒间不灭的誓约。温井检校一家本来信奉日莲宗，除检校而外，温井一家的墓地都在检校的故乡江州日野町的某寺庙之内。检校抛弃先祖的宗派，改信净土宗，也是出于进了坟墓也要陪伴春琴左右的殉情之志。据说师徒二人的法名、墓地选址以及两座墓冢的相对位置等早在春琴在世时就已经定好了。目测春琴的墓石高约六尺，而检校的墓石则大约不到四尺。两座墓并排着安放在一个石砌的低台之上，春琴墓的右侧种着一棵苍松，苍翠的枝条像一座屋顶一样遮蔽在春琴的墓石之上，而在松树的庇荫无法企及的左侧相隔二三尺的地方，检校的墓冢如同躬身侍奉的奴仆一般恭谨地守在一旁。伫立墓前，检校生前勤勤恳恳，如影随形，侍奉师父左右的情景仿佛历历在目。仿佛检校的灵魂就附着在这墓石之上,至今仍在享受着生前的幸福。我跪在春琴的墓前,恭敬地行过祭拜之礼,随后又将手伸向检校的墓石,禁不住轻轻地抚摸。直到夕阳没入宏伟街区的尽头,我徘徊在山丘上,久久不舍离去。

最近我得到一本名为《鹎屋春琴传》的小册子,这就是我得以知晓春琴生平事迹的缘由。这本册子用的是纯雁皮纸,用四号活字印刷而成,大约三十页的样子。据我推测,这大概是春琴三年忌时,她的弟子温井检校请人为她作了传,并印制分发给众人的。所以传记用文章体写成,提及检校时也使用的是第三人称,但恐怕材料都是由检校提供的,认为这本书的作者就是检校本人也并无不妥。据这本传记记载:"春琴家世代以鹎屋安左卫门为名号,世居大阪道修町,经营药材生意,到春琴之父已是第七代。母亲阿茂,京都麸屋町迹部氏之女,嫁与安左卫门,育有两男四女。春琴为第二女,生于文政十二年(一八二九年)五月二十四日。"传记中还说,"春琴自幼天资聪颖,姿容之端丽高雅,无可比拟。其四岁习舞,自通举措进退之法，纤纤玉手收放之间尽显优雅，比之舞伎亦有过之而无不及。其师亦常啧啧赞叹：哀哉此女，如此资质过人，成为一代名伎本是指日可待，怎奈生在良家，亦不知到底幸是不幸。非但如此，春琴亦早早开始读书习字，进步之快，甚至凌驾于两位兄长之上。"如果这些记述都是出自将春琴当作神来崇拜的检校之手的话，其中有多大的可信度就很难说了，不过关于春琴的容貌"端丽高雅"这一点，倒是可以从其他地方得到旁证。当时妇女身高总体来说比较矮小，据说春琴的身高也不足五尺，脸上和手上的饰品都制作得极为纤小玲珑。春琴有一张三十七岁时的照片一直流传至今，从照片上看来，她有一张轮廓端正的瓜子脸，小巧的眼鼻仿佛是由纤细可爱的手指一下一下提捏而成的，轻柔得几乎就要消失不见似的。毕竟是明治初年或者庆应时代的摄影，照片上散落着一些斑点，正如那些久远的记忆一般显得稀薄和模糊。也许也有这个原因所以才让我有那样的感觉。从这朦胧的照片上，除了可以窥见大阪富裕商家女子独有的气质之外，尽管姿容秀美，却也没有什么值得一提的个性之处，并不会给人留下鲜明的印象。年龄上,说是三十七岁的话看起来也可以是三十七岁,但要说是二十七八岁也并不奇怪。这时候的春琴已经双目失明二十年有余,但照片给人感觉并不像一个盲人,而更像是一位闭目养神的美女。佐藤春夫曾经说过:聋人似愚人,盲人似贤者。这是因为聋人为了听清别人的话总是皱着眉头,口眼微张,歪着脖子或是仰面朝上,总觉得有些呆傻的样子;而盲人则静静端坐,微微俯首,总是一副闭目沉思的样子,看上去就像是深谋远虑的智者。我不知道是否具有普遍性,但有人认为佛陀菩萨的眼睛,也就是我们常说的"慈眼视众生"的"慈眼",就是半闭着的眼,所以看惯了佛像的我们更能从闭着的眼睛中感受到慈悲与恩惠,有时甚至是敬畏。或许正因为如此,加上春琴又是一位柔弱的女子,所以我才从她闭着的眼睛里感受到了一种膜拜古老的观世音画像时所产生的淡淡的悲悯吧。据我所知,春琴的照片仅有这唯一的一张。在她幼年时代,摄影技术还没有传入日本,而就在拍摄这张照片的当年,偶然遭遇了一场不小的灾难,在那之后是不可能再拍摄什么照片的,所以我们只能凭借着这唯一的、朦胧的图像,去想象她的风姿与面容了。读者在看了前面的描述之后,在脑海里浮现出了怎样的面容呢?恐怕在心里描绘出的只是一幅模模糊糊、美中不足的影像吧;又或者那照片反而比读者的想象更加模糊不清吧。其实,在她拍摄这张照片那年,也就是春琴三十七岁那年,检校也成了盲人,所以可以想见,检校最后看到的春琴的样子应该和照片上的样子非常接近。如此一来,存在于晚年的检校脑海中的春琴也差不多就是这样一种朦胧的状态吧。又或者,他会不会在不断充盈和修饰那些淡去的记忆的过程中,在脑海中重新创造出了一个完全不一样的高贵的女人呢?

《春琴传》继续写道:"正因如此,双亲视春琴为掌上明珠,对她的宠爱超过了其他五个兄弟姐妹。然而春琴九岁时不幸罹患眼疾,不久竟至双目完全失明,父母之悲痛可想而知,母亲可怜女儿命运多舛,怨天尤人,一度几近癫狂。春琴亦从此放弃舞蹈,专心练习弦琴乐器,立志丝竹之道。"春琴所患眼疾是何种病症不得而知,《春琴传》中也没有更详细的记述,但检校曾对人说起:"真可谓天妒英才,师父容貌倾城,艺高一筹,却在一生中两次遭人嫉妒陷害,她一生命运多舛,都是拜这两次灾难所赐。"结合这一点来看,春琴失明的背后似乎另有隐情。检校还曾说过,师父的眼疾乃是风眼①。据我了解,春琴自幼娇生惯养,确有傲慢之处,但言语举止亲切可人,对下人也关爱有加,性格活泼开朗,待人接物得体,和兄弟姐妹们也相处融洽,集全家人的宠爱于一身。但最小的妹妹身边的乳娘,不满父母对春琴的偏爱,暗地里埋下了仇恨的种子。所谓风眼,正如世人所知,就是引起花柳病的细菌感染眼睛黏膜而导致的,所以不难看出,检校的意思是暗示这位乳娘通过某种手段故意害得春琴失了明。但检校这么认为到底是掌握了确凿的证据,还是他自己凭空臆测,就不得而知了。春琴后来脾气暴戾,如果说是这些变故影响到了她的性格,那也在情理之中,但不光是这件事情,检校因为过于哀叹春琴的不幸,他的话里不知不觉地带上了中伤和诅咒他人的倾向,因此关于乳娘一事的说法也很难全部相信,恐怕

---

① 即淋菌性结膜炎。

也只不过是捕风捉影的臆测罢了。总而言之,在这里就不再追根溯源,只交代春琴九岁失明一事就足够了。后来,春琴"从此放弃舞蹈,专心练习弦琴乐器,立志丝竹之道"。也就是说,春琴倾心于音律是因为失明,不得已而求其次。据说春琴也认为自己真正的天分在于舞蹈,她常对检校吐露心声:"那些称赞我琴技的人其实并不真正了解我,要是我的眼睛没有失明,我决不会走上丝竹音律之道。"言下之意,自己天赋异禀,就算是在并不擅长的音乐方面都能做到这种程度,其傲慢自大可见一斑。然而这话恐怕多多少少也经过检校的修饰加工,至少很难摆脱一种嫌疑,那就是春琴一时有感而发的无心之言,检校却听者有意,铭记在心,为了将春琴高大化而赋予了这些话以重大的意义。前面提到的住在萩茶屋的老妇人,名叫鸭泽照,是一位生田流①的勾当②。她曾经服侍过晚年的春琴和温井检校,关系亲密。这位勾当说过:"听说春琴师父擅长舞蹈,但古琴和三弦

---

① 古筝的一个流派。
② 盲官的阶位之一,在"检校"之下"座头"之上。

琴也是从五六岁开始,就跟随一位叫作春松的检校学习的,那之后她一直勤学苦练不曾荒废,所以并不是双目失明以后才开始学习音乐的。那个时候富裕人家的女儿都时兴早早开始学习一些文娱才艺,据说老师在十岁的时候就记下了那首高难度的《残月》,并可以用三弦琴独立弹奏了。如此看来,老师在音乐方面也有着与生俱来的天才,决不是一般泛泛之辈可以比拟的,只不过双目失明以后,没有了其他的乐趣,所以才更加潜心苦练,倾注了所有的心血。"大概这位勾当的说法更加可信,春琴的才能其实从一开始就在音乐方面,舞蹈方面到底是什么程度实在值得怀疑的。

虽说春琴在音乐上投入了巨大的精力,但她生在富裕之家,并不用担心生计,所以开始的时候她应该并没有想过要以此作为职业。后来她自立门户教授琴曲,是因为之后发生的事情将她引上了这条道路。就算是开门收徒之后,春琴也并不是以此作为生计的,每月从道修町的老家送来的钱财根本不是当老师的收入可比的。可即便如此,这些钱财也没能长期支撑起她奢侈的生活。

如此看来春琴开始学琴的时候并不是对将来抱着什么现实的打算,而是全凭着自己的兴趣在勤学苦练的。春琴本就天资过人,再加上她全身心的投入,"十五岁的时候,春琴的琴技突飞猛进,同门之中实力未有可与之比肩者"的记述恐怕是符合事实的。鹈泽勾当回忆说:"春琴师父常常自豪地夸耀,'春松检校是一位非常严厉的老师,可我从来没有真正被老师责骂过,相反,被称赞的时候更多。我每次去学琴的时候,老师都会亲自点拨教诲,态度和蔼亲切,我实在不能理解为什么那些人要惧怕老师。'"勾当说,"春琴师父如此琴技了得,却不曾吃过多少修行之苦,这也是天资过高的原因吧。"我想,春琴乃是鹈屋家的千金小姐,再怎么严厉的老师也不可能像训练江湖艺人的孩子一般厉声厉色,总是留了几分情面的。这其中可能也带着老师对生在千金之家却又不幸失明的少女的怜爱和庇护之情吧,但我觉得最为重要的还是春松检校爱惜赏识春琴的才能,所以才另眼相看的。春松检校关心春琴更甚于对自己的女儿,春琴偶有微恙没有露面的时候,他便立马差人前去道修町,有时还亲自拄着拐杖前去探望。春松检校常以收得春琴为徒而自豪,逢人便夸耀一番,还在专业练琴的弟子们聚集的场合说:"你们都要以鵙屋家的小千金为榜样,你们今后要靠这手艺混饭吃,如果还不如一个业余的千金小姐的话,前途堪忧啊!"此外,如果有人质疑他太过于溺爱春琴的话,春松检校就会正色道:"这是什么话!作为老师,严格训练才是对弟子真正的爱护。我不大训斥那孩子正说明我对她关心爱护不够。那孩子天生适合练琴,悟性极高,就算放任不管,该到什么程度她还是能进步到什么程度。我如果安了心地训练她,只怕更是后生可畏,那些以此为业的弟子们恐怕更要为难了。她生在富贵之家,不愁吃穿,何须我倾力相授?倒不如下功夫将那些根性愚钝的弟子训练成材。这都是为弟子们着想,怎奈何却遭此非议!"

春松检校的家住在一个叫靭①的地方,距道修町鵙屋家的店铺大约有十丁②的路程。春琴每

---

① 地名,位于现大阪市西区。
② 旧时的距离单位,一丁约等于一百零九点零九米。

天学琴都由一个店里的学徒牵着手往返。那个学徒是一个当时叫作佐助的少年,也就是后来的温井检校,他与春琴的缘分就是从这个时候开始的。如前所述,佐助出生在江州日野,家里同样也是经营药材生意的。据说他的父亲和祖父年轻时都曾到大阪鹈屋家做过学徒,所以鹈屋家对于佐助来说可以说是世代的主人家。他比春琴长四岁,十三岁的时候来到鹈屋家做帮工学徒,那年春琴九岁,正好是她失明的当年,不过佐助来的时候已经是春琴永远闭上美丽的双眸之后了。对于从未见过春琴明亮的双眸一事,佐助直到晚年从未感到遗憾,反而觉得是一种幸福。如果一旦看到了失明以前的脸,势必会觉得失明以后的脸是有所缺憾的,然而幸运的是,他从未觉得春琴的容貌有任何的不足,从一开始就是完美无缺的。如今大阪的上流家庭都争相把宅院搬到郊外,小姐们也开始亲近体育运动,呼吸野外的空气,接受日光的照耀,从前那种足不出户的深闺佳人已经消失不见。但即便如此,住在城市里的孩子们仍然体格纤弱,脸色也大都苍白,比起生长在乡野里的少男少女,皮肤色泽大不一样,说得好听些叫清新脱俗,说得不好听叫病态。这不光是大阪独有的现象,而是都市人的通病。不过江户有些特别,甚至女人也以浅黑的肤色为傲,论皮肤的白,是比不过京都大阪的。大阪那些世家名门的公子哥儿们,有的就跟戏剧里面的大少爷一模一样,虽然身为男儿却腰身纤弱,直到三十岁前后才终于开始脸色红润,身体开始储存脂肪,急剧地圆润饱满起来,渐渐有了绅士的派头。在那之前,他们同妇女孩童一般,皮肤白嫩,对服饰的品位也显得相当柔弱。现在尚且如此,更不要说旧幕府时代生在富裕的商人之家,关在不健康的深闺中长大的千金小姐了。她们那种几近通透的苍白和纤弱,在乡下少年佐助的眼中,该是多么的神秘和娇媚啊!这个时候春琴的姐姐十二岁,紧挨着的妹妹六岁,每个人在乡下人佐助看来都是乡间难得一见的美少女,特别是失明的春琴,佐助被她身上一种不可思议的气韵所深深地吸引了。他觉得春琴垂下的眼帘比她的姐妹们睁开的双眸更加明亮动人,他觉得这张脸必须是这个样子的,本来就应该是这个样子的。世人都说鹈屋家四姐妹中,春琴的容貌最为出众,就算这是事实,人们对不幸的春琴所抱有的一种怜惜之情也多少在里边起到一些作用,然而到了佐助那里就完全不同了。在后来的日子里,佐助非常讨厌别人说他对春琴的爱是出于对她的同情或怜悯,一旦有人做出这样的揣测,他便会感到万分意外和无辜。他说:"我看着师父的脸,从来没有感觉过怜悯或是悲哀。和师父比起来,明眼人反而显得可悲。师父那样的容貌才情,为什么需要别人的怜悯?师父反而觉得我佐助才是可怜之人。我觉得,我们这些人除了眼鼻健全之外,没有任何一点比得上师父的。真正有所缺陷的是我们才对吧。"只不过,这是后来说的话,佐助刚开始的时候一定是勤勤恳恳侍奉春琴左右,胸中充满了火一样的崇拜的。当时想必他还没有意识到自己对春琴的感情,即便是有,也不敢有什么非分之想吧,因为对象不但是天真无邪的孩子,还是几代的主人家的小姐。对于佐助来说,能够做个小姐的跟班,每天一同行走在路上,已经是莫大的安慰了。让一个新来的毛头小子为小姐牵手引路,这事儿似乎不大合情理。的确,刚开始的时候并不是只交给佐助一个人的,有时候是丫头,有时候是别的学徒小厮,只因有一次春琴表示:"就让佐助来吧。"于是从那时起,这个差事才都交给了佐助。那是佐助满了十四岁以后的事。他被委以重任,感到无上的荣幸。他总是把春琴的小手轻轻攥在自己的掌中,牵着她走过十丁的路程,前往春松检校家,然后等待练琴完毕,再牵着她回到家中。在往返的途中春琴很少说话,而只要春琴没有主动搭话,佐助也只是默不作声,谨小慎微地完成任务,生怕有什么闪失。曾有人问过春琴:"小姐为何选择佐助当差啊?"她回答说:"佐助最为老实本分,不必说的话,他绝不多嘴多舌。"如前所述,春琴本来亲切可人,待人接物温柔得体,可自从失明以后,她变得性情古怪阴郁,很少朗声言语,更鲜有笑容,总是冷若冰霜,噤若寒蝉。大概是佐助的沉默寡言,勤恳知趣深得春琴的喜爱吧。(据说佐助并不愿看到她的笑脸。可能他认为盲人笑起来给人愚钝可怜的感觉,在感情上是无法接受的吧。)

说是因为中意佐助的沉默寡言、老实知趣,可这究竟是不是春琴的本意呢?或许她也朦胧地感觉到佐助对她的崇拜和爱慕,即便年幼懵懂，心中也暗自欣喜，这也不无可能。要说十岁的少女还不大可能有这样的心思也是在理的，可春琴天生敏感早熟，加上因为双目失明，第六感变得更加敏锐，如此想来，这也未必全是无中生有的臆测。心高气傲的春琴在后来意识到男女之情以后也不曾轻易表明心迹，很长时间内都没有把自己交给佐助。如此看来，虽然多少存有疑问，但不管怎么说一开始春琴的心里几乎是没有佐助的位置的，至少在佐助看来是这样的。在为春琴牵手引路的时候，他总是把左手举到春琴肩头的高度，掌心朝上，轻轻地托住春琴的右手，但对于春琴来说，佐助似乎就只是作为一只手掌而存在似的。偶有让他办事的时候，或以动作举止示意，或皱着眉头使脸色，又或者像是出谜题似的自言自语，就是不愿清楚地说明要这样做或者那样做。一旦佐助没有注意到这些指示，春琴必定心生不悦，所以他不得不时刻警惕着，生怕看漏了春琴的脸色和动作。他觉得春琴像是故意在考验他小心谨慎的程度似的。春琴本就是娇生惯养的千金小姐，自然任性，加上盲人特有的坏脾气，她对佐助百般刁难,不给他一丝喘息的机会。有一次,在春松检校家里排队等候练琴的时候,他突然发现春琴不见了人影,回过神来的佐助立刻四处寻找,才发现春琴一个人进了茅厕。平日里春琴起身小解的时候,佐助看到她默默起身离去,就知道是去茅厕,于是紧跟着追上去,牵着手将她引到茅厕门口,然后在那里候着,等她出来再为她浇水洗手。可那天佐助走了神,春琴就一个人摸索着去了。"真是对不住小姐!"佐助三步并作两步地赶到从茅厕出来、正要伸手去拿洗手池的长柄勺子舀水的春琴面前,用几乎颤抖的声音说道。可春琴摇头说道:"不必了!"然而这种情况下,如果老老实实地退回去,那后面更不会有好果子吃。佐助明白,这个时候就算生拉硬拽也要把她手中的长柄勺拿过来,为她浇水洗手。还有一次,是一个夏天的下午,也是在排队等待练琴的时候,佐助毕恭毕敬地在身后待命,只听得春琴自言自语道:"真热!"佐助不知何意,只好试着附和道:"是啊,真热啊!"可春琴那边没有任何回应,过了一会又继续说道:"真热!"佐助忽然想起正好身上带着一把团扇,于是取出来从背后为春琴打扇,这时春琴才总算满意了似的,不过只要佐助稍有松懈,她就不停地重复说:"真热!"春琴就是如此这般的傲慢任性,不过她并不是对每个下人都这样,而是对佐助显得特别苛刻。本来就是那样的脾气,而佐助又竭尽全力刻意迎合,这才使得春琴对待他的方式变得极端起来。春琴最中意佐助服侍,原因就在于此,而佐助也并不觉得这是件苦差,相反,他觉得很高兴。也许这是因为他把春琴这种特别的刁难当作是对他的一种依赖,从而把它当成了一种恩惠吧。

春松检校训练弟子们的房间位于里屋的错层之中,轮到春琴的时候,佐助就领着她爬上楼梯,引她坐在检校对面的座席上,在前面摆放好三弦琴或古筝,然后就退到休息室里等候,等到练习结束再上去接她下来。在等待期间,佐助也始终竖着耳朵听着楼上的动静,丝毫不敢大意,一旦听到练习结束了,他会在春琴唤他之前迅速前去迎接。正因如此,春琴所练习的琴曲就很自然地进入了佐助的耳朵,他对音乐的兴趣就是这样培养起来的。佐助后来成长为一流的大家,这其中可能少不了天生具有的才能,但如果他无缘侍奉春琴,也没有产生想要与春琴融为一体的强烈的爱情,那么他很可能只是获允使用鹣屋家的字号,作为一介药材商度过平凡的一生罢了。他在后来成为盲人并获得检校的官位以后,仍然声称自己的琴技远不及春琴,自己完全是靠了老师春琴的启发才取得了今天的成就。佐助从来都将春琴抬得高过九天,而自己则过分谦卑,所以这样的话也不可全信,不过且不论两人技艺到底孰优孰劣,相比之下春琴更有天赋,而佐助则更加刻苦勤奋,这一点应该是毋庸置疑的。他从十四岁那年岁末开始,悄悄地把主人家给的零花钱和到别人家去跑腿时得的赏钱存起来,为的是买一把自己的三弦琴。第二年的夏天,他终于如愿以偿地买到一把粗制的练习用三弦琴。为了不让掌柜的发现了盘问,他把琴杆和共鸣箱拆开分别带进了天花板顶上的寝室里,每天晚上等到伙伴们都睡熟了,才开始一个人练习。但佐助本来是为了子承父业才来到鹣屋家做学徒的,所以刚开始的时候,他并没有打算也没有自信把它作为将来自己的本职。只不过由于对春琴过于忠实,他努力想把春琴的所好变成自己的所好,他的所作所为都是由这种心理自然产生的,丝毫没有通过琴曲赢得春琴芳心的想法。这一点可以从一件他对春琴都极力隐瞒的事情上得到证明。佐助同五六个伙计和学徒一起睡在一间站起来几乎碰到头的低矮狭窄的房间里,他以不影响他们睡觉为前提请求他们保守秘密。小伙子们都是怎么睡也睡不饱的年纪,一躺下来就睡得死死的,所以也没有人表示不满。佐助就是在他们都睡熟之后,从被窝里爬起来,躲到取出了被子的空壁橱里悄悄练琴的。天花板上的房间本就已经闷热不堪,更不用说夏夜的壁橱里有多热了。但这样一来不但可以防止琴声泄漏,还可以阻挡外边的鼾声或梦呓,实在是个不错的去处。当然拨子是不能用的,只能在没有一丝光亮的黑暗中摸索着用指尖弹奏。但佐助丝毫没有觉得这一片漆黑有什么不便,盲人就始终处于这样的黑暗中,而我们的小姐也是在这样的黑暗中弹奏三弦琴的。想到这里,他就觉得自己也置身于同样的黑暗世界里,感到无比的欣喜。在后来被允许公开练琴之后,他还是说不和小姐一样就不自在,于是在拿起琴的时候,总是会习惯性地闭上眼睛。也就是说佐助双眼健全却意欲尝受和盲目的春琴同样的苦难,想要尽可能地体验盲人受困的境遇,有时甚至像是对盲人抱着羡慕。他后来真的成了盲人,这和他少年时代的这种心境不无关系,想来绝非偶然。

无论何种乐器,若要深得其中奥妙精髓,恐怕难度都不相上下,但小提琴和三弦琴这样的乐器,琴弦的各个位置上没有任何的标记,而且每次弹奏都需要对琴弦进行调试,所以要练到能够弹出基本像样的曲调来并非易事,是最不适合自学的乐器,更何况在没有乐谱的时代其难度可想而知,就算是跟着老师学,也是所谓的"古筝三月三弦三年"。佐助没钱购买古筝那样昂贵的乐器,更重要的是他不可能把那样的庞然大物搬进房间里,所以只好从三弦琴开始练习。但据说琴弦的调试他从一开始就掌握了。这固然说明他天生具有的辨音能力不差,但同时也足以证明他平时随春琴去检校家学琴时,在等候期间是多么用心地倾听别人练琴的。调子的区别,歌词、音调的高低，旋律的起伏，所有这些他都必须依靠耳朵记下来，除此之外没有任何东西可以凭借。就这样，从十五岁的夏天开始的半年时间内，这件事很幸运地除了同室的伙计们之外，没有被其他人知道。但到了那年的冬天却发生了一件意外。某一天黎明时分——说是黎明，但寒冬时节的凌晨四点左右和漆黑的深夜没什么区别——这个时候鹈屋家的女主人，也就是春琴的母亲茂夫人起来上茅厕，隐约听见不知从哪里传来的《雪》的琴声。以前的人确有"寒练"的习惯，就是在寒冷的冬夜天空开始泛白的时候，置身寒风之中练习技艺。可是道修町一带多药铺，一排排都是正经买卖的店铺，并没有琴艺师傅或是艺伎居住，风月场所更是一家也没有。可这三更半夜的有谁会弹琴呢？就算是"寒练"，这时间上也太奇怪了。如果是"寒练"的话应该是用拨子高声弹奏的，可是这琴音却是用指尖微微轻弹，而且似乎是在同一个地方反复练习直到满意为止，可以想见此人练习十分用心。鹈屋夫人虽然觉得奇怪，但也没放在心上，那晚就那么回去睡了。可是后来又有两三次晚上起来的时候听到，一说起这事，才知道其他人也听到了这声音。大家都议论纷纷："到底是什么地方传来的声音呢？""也不像是狸子鼓腹作乐①啊。"这事儿在店员们知道之前已经在里屋那边传开了。从那年夏天以后，佐助要是一直都躲在壁橱里练琴也就不会出什么岔子了，可是因为别人都没有丝毫察觉，他变得胆大起来，再加上平时干活辛苦，休息时间又被用来练琴，所以他严重睡眠不足，待在暖和的地方马上就会打瞌睡，于是从那年秋末开始，每天晚上都到晒台上去练琴了。他在晚上亥时，也就是十点钟的时候和店员们一起就寝，凌晨三点钟左右爬起来，抱着三弦到晒台上去练习，就这样在寒冷的夜气中一直独自练习到东方开始微微泛白的时候，才又回到房间里继续睡一会儿。春琴的母亲听到的就是他那个时候的练琴声。想来佐助悄悄练琴的那个晒台应该在店铺的顶上，所以比起睡在正下方的店员们来，住在隔着中庭的里屋的人们更容易发现。他们打开走廊的防雨窗时很容易就能听见琴声。里屋那边吩咐下来让店员们调查此事，结果很快就查出是佐助所为。

---

① 日本民间相传狸子会敲打肚皮奏乐。

他被叫到总管面前挨了一顿训斥,本来没收三弦琴,今后禁止再练也是顺理成章的事,可没想到的是,从意外的地方伸来了援助之手。里屋中有人提出:"姑且听听他到底弹得如何吧。"而且首先提出来的人竟然是春琴。佐助觉得这事要是让春琴知道了一定会惹她生气,她一定会嘲笑或是不屑一顾地认为:"老老实实尽你的本分就好了,身为学徒竟然不自量力地学什么琴。"但不管哪一种,肯定没有好事发生。正因为他一直害怕被春琴知道,所以当别人真的愿意听他弹琴的时候他却打起了退堂鼓。他心想,若是老天爷看到了自己的诚意,让小姐受了感动的话倒是求之不得的,只是怎么想小姐都只是想看我的笑话,权当消遣罢了,更何况我也没有在人前演奏的自信。可是一旦说了要听,按照春琴的脾气,不管怎么回绝也是没有用的,再加上春琴的母亲和姐妹们也很好奇,所以最终佐助还是被叫到里屋去给大伙展示自学的成果。对于他来说那的确是十分盛大的场面。当时佐助勉强可以弹奏偷学来的五六首曲子,于是他被要求把会弹的都弹来听听。佐助于是壮着胆子,使出浑身解数把练习过的曲子都弹了一遍。有《黑发》一样轻柔的曲子,也有《茶音头》那样的高难度曲子。本来学习的时候就没有什么顺序,零零碎碎地听一点记一点,所以很多东西记得比较杂乱。也许正像佐助猜测的那样,鹈屋家的人开始的确是准备看他的笑话的,可是听了他的弹奏之后,发现他按压琴弦的位置找得很准,音调高低起伏也能把握,所以大家都很是赞赏。

《春琴传》记载:"彼时春琴怜悯佐助之志,曰:'难得汝诚心学琴,往后吾将倾囊相授,闲暇之时汝当常受为师教诲,励精苦练才是。'春琴之父安左卫门最终也应允此事,佐助欢欣鼓舞,如登九天,学徒分内事务更加勤勉不息,每日皆于一定时间内接受春琴指教。如此,十一岁的少女与十五岁的少年之间,除了主仆之外,又结师徒之缘,实为可喜可贺。"平日任性刁钻的春琴此时何以突然对佐助流露温情?也有一说,认为此并非春琴主动拿的主意,而是周围的人有意促成。想来,失明的少女就算生在幸福之家,稍有不慎便容易陷入孤独,变得性情忧郁,双亲自然不用说,就连下人们也都苦于应付。有没有什么办法可以慰藉她的心灵,让她心情愉悦呢?正当大伙儿冥思苦想而不得其法的时候,偶然得知原来佐助与她兴趣相投。下人们都觉得这位小姐难伺候,想着让佐助去应付,好减轻一点自己的负担。想是下人们在春琴那里吹了耳旁风:"佐助这小子还真是让人刮目相看呢,难得他这么用心,小姐不如栽培栽培他如何?若能得到小姐真传,也是他的造化,他必定求之不得呀。"只不过,按照春琴的性子,若是无意如此未必会顺水推舟答应下来,可见到了这个时候她对佐助也有了好感,心底也有了几分春水荡漾的情愫了吧。无论如何她说要收佐助做弟子,对父母兄弟和下人们来说都是件好事。再怎么天赋异禀,毕竟是十一岁的女孩子,是否真的能够为师授业值得怀疑,但这并不是关键,这样一来,她的寂寞无聊得以排遣,周遭的人也就轻松许多,也就等于是让佐助陪着春琴玩过家家的游戏罢了。所以与其说这样的安排是为了佐助,不如说是为了春琴着想,但从结果来看,佐助所得到的要多得多。《春琴传》虽然记载"学徒分内事务更加勤勉不怠,每日皆于一定时间内接受春琴指教",但可以想象,此前每日单是为春琴牵手引路就耗去几个小时,如果说每天都被叫到小姐的房间去学琴的话,应当是无暇顾及店内事务的了。佐助的父母亲是想把儿子培养成为商人才把他送到店里当学徒的,现在却让他整天伺候小姐,安左卫门似乎也有顾虑,觉得对不住他的父母,可是比起一个学徒的将来,让春琴高兴显得更加重要,更何况这是佐助本人的愿望,所以也就姑且默许了这件事。佐助称呼春琴为"师父"就是从这个时候开始的。春琴命他在平时可以称呼自己"小姐",但上课的时候必须称其为"师父",而春琴自己称呼佐助时也不再加上敬称,而是直呼其名,一切都仿照春松检校对待弟子的礼数,要求佐助严格遵守师徒之礼。就这样,两人如大人们所期望的那样开始了他们的过家家游戏,春琴也乐在其中,忘掉了孤独。然而从那以后,经年累月,两人丝毫没有停止游戏的迹象,反而在两三年后,教授者和被教授者都逐渐脱离了游戏的范畴,变得认起真来。春琴每天的日课是下午两点左右到检校家,练习三十分钟到一个小时,回家后会练习当天学到的内容直到日暮时分。吃过晚饭后,春琴有时若有兴致就把佐助叫到二楼的起居室内,教授琴技,到后来最终变成了每日不辍的日课,有时候直到晚上九十点钟也不放他回去。"佐助,我是这么教你的吗?""不行不行,弹不好就给我弹一个通宵!"楼下的伙计们常常听到春琴这样厉声呵斥的声音。"笨蛋!怎么就记不住呢!"这位年轻的女师父还常常一边破口大骂,一边拿着拨子往头上挥去,打得徒弟嘤嘤抽泣。

众所周知,以前为了让徒弟学艺成材,师父往往会施以严苛的训练,甚至是体罚。今年(昭和八年)①二月十二日的《大阪朝日新闻》报星期日专页上,刊登了小仓敬二君撰写的一篇题为《木偶净琉璃戏的染血修行》的报道。据这篇文章说,摄津大掾②死后的名演员,第三代越路太夫③

---

① 一九三三年。
② 即竹本摄津大掾(1836—1917),越路太夫二世,明治时期义太夫名人。明治三十六年获摄津大掾称号。"太夫"用在艺名之后,是木偶净琉璃戏中对讲述者或琴师的称呼。
③ 竹本越路太夫(1865—1924),摄津大掾的徒弟,一九〇三年继位。

的眉间有一个明显的新月形的伤痕,那是他的师父丰泽团七①留下的。当时他大喝一声:"你何时才记得住!"拿着拨子一下将他戳倒在地。此外,木偶净琉璃戏的木偶师吉田玉次郎的脑后也有类似的伤痕。玉次郎年轻时和他的师父,有名的吉田玉造合作表演《阿波的鸣门》②。他的师父负责操纵一场逮捕戏中的十郎兵卫,而玉次郎就负责操纵十郎兵卫的脚。那时,本该干净利落完成动作的十郎兵卫的脚上动作始终无法令师父满意。师父骂了句,"蠢货!"拿起武打戏用的真刀突然对着他脑后用力一击,那刀痕直到今天也不曾消失。不但如此,在玉次郎身上留下伤痕的玉造也曾被他的师父金四用十郎兵卫的木偶打破了脑袋。那木偶被鲜血染成了红色,支离破碎、四处飞散。他向师傅要了那血迹斑斑的木偶的一只脚,用丝绸包起来存放在一只本色木料做的盒子里,时不时拿出来像在慈母灵前叩首一般地拜上一拜。他常常会感激涕零地向人讲述:"若是没有

---

① 丰泽团七(1840—1923)木偶净琉璃戏的三弦琴师。
② 指净琉璃传统剧目《倾城阿波鸣门》,表现藩士阿波十郎兵卫夫妇效忠主人的故事。

这个木偶的责打,我一辈子也许只能庸庸碌碌地收场。"上一代的大隅太夫在学艺时代笨拙如牛,被称作"笨牛"。他的师父是有名的丰泽团平①,就是人称"大团平"的近代三弦琴大师。一个闷热的盛夏之夜,这位大隅正在师父家里练习《木下荫挟合战》②中的《壬生村》一段,其中"这护身符袋可是先人遗物啊!"这段词他无论如何也说不好。练了一遍又一遍,始终无法令师父满意。后来师父挂起蚊帐,钻到里面去听。大隅在蚊虫的叮咬中不停地练习,一百遍、两百遍、三百遍过去了,夏天的夜晚亮得早,在他无休止的重复中天边开始泛白,而师父可能也精疲力竭,似乎睡着了。可即使如此,他还是继续发挥"笨牛"的特色,师父没有说"好",就决不停下来,一遍又一遍地练习着。忽然,蚊帐里传来团平的声音:"好了!"看上去像是睡着了的师父其实一个盹儿也没打,一直在听着呢。这样的趣闻逸事不胜枚举,并不是只限于净琉璃剧的太夫或木偶师,生田流

---

① 丰泽团平(1827—1898),指二世丰泽团平,三弦琴的名家。
② 原题目应为《木下荫狭间合战》,净琉璃名剧。

的古筝或三弦琴技艺的传授也是一样。而且这方面的师父很多都是盲人的检校。一般来说身体不健全的人很多都性格偏执,很难否认其中存在训练严苛化的倾向。春琴的师父春松检校的教授法素以严苛闻名,前文已有提及。稍有不合意之处,便会劈头怒骂,拳脚相向。教的人是盲人,被教的人很多时候也是盲人,以前还出过这样的事儿:一个弟子被师父打骂的时候,一步步往后退,最后抱着三弦琴从二楼的楼梯上滚落下去。后来春琴自立门户开门收徒,她训练弟子也是出了名的严苛,继承师父的衣钵可以说这是一个重要的原因,但其实早在她教授佐助的时候这种倾向就已经初现端倪了。换句话说这始于年幼的女师父责打徒弟的游戏,后来渐渐脱离游戏,进入了现实生活。也有人说,男老师责打弟子的事确实不在少数,可像春琴这样的女老师责打男弟子的情况却十分少见,由此想来,其中或带着几分嗜虐的倾向,假托调教栽培弟子之名,其实是享受着一种变态的性快乐也未可知。到底是不是那样,到了今天已经很难做出判断。但有一件事是明确的,那就是小孩子在玩过家家的时候一定是模仿大人的。春琴也曾备受检校的宠爱,虽然自己没有受过肉体上的责打,但平日里知晓师父的做法,幼小的心里以为做师父的本来理应如此,所以在做游戏的时候早早开始模仿,也就是十分自然的了。这样不知不觉中一发不可收拾,最终演变成了一种内在的习性了吧。

佐助似乎是个爱哭的主儿,据说他每次被小姐责打都会哭鼻子,而且是特别没骨气地嗯嗯啊啊地叫唤,旁人听到都会皱着眉头说:"小姐的虐待又开始了。"最初抱着找个人陪小姐做游戏想法的大人们到了这个时候开始感到相当的为难。每天晚上光是古筝或三弦琴的练习声已经让人觉得吵闹,加上春琴不时发出的激烈的责骂声和佐助的哭声,一直闹腾到深夜,让人不得安宁。女佣们觉得佐助可怜,而且更重要的是这对小姐来说也没有好处,所以有时候就有人看不下去,冲到练琴的房间里劝阻道:"哎呀,这是怎么回事啊?您这么对待一个男孩子,哪里像个千金小姐呀?"每当这个时候,春琴反而肃然端正衣襟,盛气凌人道:"你们知道什么?

何须多管闲事！我对佐助真心相授,并非儿戏。正是为了佐助着想我才会如此大动肝火。不管我如何生气如何责罚,练功始终是练功,不可儿戏,你们不知道吗?"《春琴传》中是这样记载的:"春琴正色凛然道:'汝等欺吾年少,竟敢冒犯学艺之神圣！吾虽年少,然既为人师,当有为师之道,吾传授技艺,本非一时儿戏,佐助生来好音曲,奈何一介学徒之身难以拜得名师,不惜励志独学,其心可悯,吾虽不才,愿为其师代授技艺,唯愿助其达成心愿,汝等不解其中道理,当速速离去！'听这一席话,来者皆畏其威容,惊其辩才,常以狼狈之态仓皇而退。"由此可以想象春琴的凌人气势是何等让人生畏。佐助哭是哭,可听了她的这番话心中充满无限感激,他的哭泣不只是因为忍受痛苦的原因,他的眼泪中还有听到这位既是主子又是师父的少女对自己的激励之后流下的感激的泪水。所以不管忍受多大的痛苦他都没有逃避,一边哭一边练习,直到得到师父的首肯为止。春琴的脾气时好时坏,劈头盖脸一顿臭骂那是好的时候,不好的时候她会皱着眉头默不作声地把第三根弦用力一拨,或者让佐助一个人弹奏三弦,不置可否地只是默默地听着,这种时候佐助是哭得最多的。有一天晚上,练习《茶音头》的间奏部分的时候,佐助掌握得很慢,练了很多次始终出错,春琴终于失去了耐性,按惯例她是放下三弦琴,一边用右手用力拍打膝盖,一边口头模仿琴音来配合的:呀——叽哩叽哩刚,叽哩叽哩刚,叽哩刚叽哩刚叽哩嘎——叽噔,哆噌哆噌隆,呀——噜噜通……可这次她终于一声不响地甩手不管了。佐助像被抛弃在汪洋之中找不到一根稻草,可是又不能就此作罢,于是只好自己一个人一边琢磨一边弹,可不管怎么弹春琴始终不置可否。这样一来,佐助愈发慌乱,血液倒流,全身直冒冷汗,最后弹得一塌糊涂。而春琴仍然默不作声,双唇更加紧闭,深锁的眉头没有一丝一毫的松懈。这样僵持超过了两个钟头的时候,母亲茂夫人穿着睡衣上楼来了,"热心也要有个度,过犹不及,对身体也不好。"茂夫人用劝慰的语气终于把二人分开了。第二天春琴被叫到父母跟前,"你好心教佐助学琴自然是好事,可是打骂弟子那是人人都认可的检校先生做的事,你虽擅长琴技,但仍是跟随师父学艺的徒弟,现在开始就摆出师父的架子必然滋生骄傲之心,但凡技艺的训练,一旦自高自大必不能进步,更何况你身为女子,动辄对男人破口谩骂,成何体统,这一点勿请自律。从今以后要严格作息时间,夜深之前早早结束,佐助的哭声吵得众人无法入睡,甚为烦恼。"以前从来没有训斥过春琴的父母这次也终于忍不住苦口婆心地一番说教,就连刁蛮任性的春琴也无言以对,表示接受父母的教训。然而春琴只是表面上服从,实际上并没有什么效果。她反而怪罪佐助:"真是窝囊废!堂堂男儿一点皮肉之苦都受不得,放声哭泣仿佛受了多大的委屈,害我受父母的责骂。若要技艺精进,就算再痛也要咬牙忍住,如果这都做不到,我就不再是你的师父。"从那以后,佐助不管多么痛苦也一声不吭地忍了下来。

鹈屋夫妇似乎也很忧心女儿的性情变化。春琴失明以来,性格逐渐变得刁蛮,开始教佐助学琴以后甚至变得言行粗暴。女儿有佐助伺候着,这事儿喜忧参半。佐助尽力取悦于她自然是好事,可是不分是非、毫无原则地一味讨好迁就,结果必然助长女儿的坏脾气,将来不知道会变成怎样一个刁钻乖僻的女人,夫妇二人对此暗自痛心不已。大约在佐助十八岁那年的冬天,他在主人家的安排下正式拜在了春松检校门下,也就是说春琴不能再直接教授佐助了。这大概是春琴的父母为女儿着想,认为模仿师父授徒是最大的病根所在,会给女儿的品性造成不良的影响,所以才做了这样的安排,但同时这也决定了佐助今后的命运。从这个时候开始,佐助就完全地从学徒的事务中解放出来,开始名副其实地作为春琴的导盲人和陪练弟子拜在检校门下学习琴艺了。佐助本人不用说肯定是求之不得的了,很容易推测,安左卫门也下了很大的功夫游说佐助老家的父母,求得他们的谅解,他费尽唇舌劝说他们放弃让佐助从商的念头,作为补偿,鹈屋家会保证他的前途,决不会弃之不顾。可以想见,安左卫门夫妇可能为了春琴着想,动了招佐助为婿的念头。女儿身有残疾,要找个门当户对的很困难,如果是佐助的话,倒是一桩求之不得的良缘,他们这么想也不无道理。就这样,两年之后,也就是春琴十六岁,佐助二十岁的那年,父母第一次就结婚的事去探了探口风,没想到春琴冷眼拒绝了,显得很不高兴,说自己终身不打算嫁人,更何况嫁给佐助这样的下人,更是想也没想过。然而更没想到的是,那之后又过了一年,母亲发现春琴的身体起了变化,她不敢肯定,暗中留意春琴的肚子,可越看越觉得不对劲。肚子要再显一些的话,店里的伙计下人们就该炸开锅了,趁现在采取措施的话或许还有挽救的余地,母亲想到这里,没有告诉她的父亲,自己悄悄地去向本人求证,可春琴却矢口否认了。母亲不好再深究,半信半疑地又耽搁了一个月,而此时已经是纸包不住火了。这一次春琴老老实实承认了怀孕的事实,可不管怎么问,她始终不肯说出对方是谁。勉强追问之下,她说两人承诺互相不说出对方的名字。再问是不是佐助,她决然否认道:"我怎么会看上一个学徒?"虽然每个人都很自然地怀疑到佐助身上,可毕竟是凭空臆测,没有根据,去年春琴也曾表明过对佐助的态度,所以父母也不得不认为可能并非佐助。而且如果两人真的有那种关系很难在人前瞒天过海,何况都是没有什么经验的少男少女,再怎么假装没事也很难不被察觉。可佐助自从成了春琴的同门师兄弟之后,便再没有机会像以前那样与春琴对坐到深夜。最多有的时候作为同门师兄弟陪同排练而已,其余时候春琴总是一副心高气傲的样子,对待佐助的态度从来不会超越一个导盲的随从。伙计和下人们做梦也没想过两个人之间会有逾矩之事发生,相反他们都觉得两人之间的主仆之别过甚,少了些人情味儿。既然如此那么佐助至少应该知道些什么吧。夫妇俩猜测或许是检校门下另外的弟子,把佐助叫来一问,他却是一问三不知,不但自己没有做过,那人到底是谁自己也没有丝毫的线索。但是被叫到夫人跟前的佐助一副战战兢兢的样子十分可疑,一再追问之下,说出来很多话难以自圆其说,最后被问得哭了起来,说是如果说了小姐不会饶了他。"袒护小姐没问题,可是你怎么能对主人的吩咐置若罔闻?你隐瞒实情反而会害了小姐,老实告诉我那人是谁。"任凭夫人磨破了嘴皮子他还是不肯说。不过从佐助的话里边总算听出些言外之意:那个人果然就是佐助本人。出于对小姐的承诺他不好说明,但言下之意似乎希望听话者能够自己听出那意思来。鹈屋夫妇觉得,既然孩子已经怀上了再说什么也于事无补,况且对方是佐助已是万幸,心中虽然忧虑但总算松了一口气,只是不明白既然如此,为何去年提起和佐助的婚事时她却要说出那些口是心非的话,这女儿家的心思实在是捉摸不透。为了堵住悠悠众口还是早点让他们在一起为好,于是夫妇俩再一次向春琴提起和佐助的婚事,可春琴还是把脸一沉:"怎么又提这事儿?我不想听!去年我已经说过了,我从来没想过嫁给佐助。父母亲可怜我的境遇我感激不尽,可我虽身有残疾也不至于下嫁一个仆人。这样也对不起我肚子里孩子的父亲。""那么,你肚子里孩子的父亲是谁?""别的我都可以回答,唯独这件事情请不必再问。反正我也不打算跟他在一起。"她这么一说,佐助的话又变得真假难辨起来,到底谁说的是真的,又完全摸不着头脑了。夫妇俩束手无策,但除了佐助之外实在想不出可能的第二个人来,于是他们猜测可能是面子上过不去所以才故意反对的,等过一段时间可能就会吐露心声了吧。无奈之下,夫妇俩只好暂且停止揣测,先以温泉疗养的名义把春琴送到有马去待产。那是春琴十七岁那年的五月,佐助留在了大阪,而两个女用人陪着她在有马一直待到十月。春琴顺利地产下一个男婴,那孩子的脸长得跟佐助是一个模子里倒出来的,这个谜似乎已经解开了,然而春琴还是和之前一样,不但不愿提和佐助成婚的事,甚至仍然不愿承认佐助是孩子的父亲。实在没有办法,家里人试着让两个人来了个对质,可这个时候,春琴正颜厉色道:"佐助何出此言?难道不怕引人误会吗?这可叫我如何是好?没有做过的事就应该清清楚楚明明白白地说没有,知道吗?"被春琴这么一说,佐助立刻就蔫了,随即改口道:"小的怎敢对主人家的小姐做出这种事来?小的自幼蒙鹈屋家庇荫,大恩未报,怎敢不自量力,包藏祸心?小的实在冤枉!"这次佐助顺着春琴的意思,来了个彻头彻尾的否认,这下事情就又走进了死胡同。"难道你就不可怜可怜你的亲生骨肉吗?你若一意孤行不愿成婚,鹈屋家也不能养一个没有爹的孩子,就只好送与他人了。"本来想用孩子来逼她就范,没想到春琴面不改色道:"就请送与他人去吧。我意已决,终身不嫁,不愿有此累赘。"

就这样春琴的孩子就抱养给了别人。这个孩子是弘化①二年出生的,如今应该已经不在人世,而且收养孩子的是什么地方的什么人也无人知晓,这大概是春琴的父母有意为之。这样,春琴终于任性到底,含含糊糊把怀孕生子的事给糊弄了过去,又让佐助牵着手去检校那里练琴了。那时候,春琴和佐助的关系几乎已经是公开的秘密。可是一旦想要把这种关系正式化,两人就会矢口否认,知道女儿脾气的鹈屋夫妇也只好睁一只眼闭一只眼地默许了。就这样二人之间这种让人分不清到底是主仆还是师兄妹还是情人的暧昧关系持续了两三年,在春琴二十岁的时候,春松检校去世了。春琴从此自立门户,开始作为琴艺师傅开业收徒。她从父母的家里搬出来,在淀屋桥一带置了一处房产,佐助也跟着搬了过去。春琴的实力在检校在世时就已经得到其认可,想是春琴在检校生前就已经从师父那里取得开门收徒的许可了。检校对春琴疼爱有加,不但从自己的名字里

---

① 日本年号,一八四四年十二月二日至一八四八年二月二十八日。

取一个字为春琴命名,还经常在重要的演奏中与她一起合奏,或是让她演唱高音部分,对她非常提携。所以检校去世以后,春琴自立门户也是水到渠成的事。可是从她的年龄境遇等来看,似乎完全没有匆忙独立的必要。走这一步无非是家里人顾虑到她和佐助之间的关系,这早已是公开的秘密。老是让两个人一直这么不明不白的对下人们来说不是什么好榜样,于是想个办法至少让他们同居在一栋房子里。春琴自己也觉得如果只是这样的话倒也没什么不能接受的。当然,佐助跟着住到淀屋桥去以后,受到的待遇并没有丝毫的变化,任何时候都只是一个导盲的仆人。由于检校去世,佐助又重新当回了春琴的弟子,这个时候两个人可以毫无忌讳地互称"师父"和"佐助"了。春琴十分讨厌被人认为自己和佐助是夫妇关系,所以对主仆之礼、师徒之别的要求特别严格,甚至对细枝末节的言辞说法都做出了规定。如有违背,就算躬身低头认错也不会轻易饶过,而是无休止地指责佐助的无礼。因此,据说新入门的弟子根本无从怀疑二人的关系。还听说,鹈屋家的下人们暗地里嘲讽说:"真想躲在门后偷窥,看小姐到底是用什么样的表情勾引佐助的。"春琴到底为什么要这样对待佐助呢？我想，即使是今天，大阪人在结婚上对于家世、财产、礼数的苛刻程度都超过东京，本来就是商人意识强烈之地，可以想象封建社会的遗风还是十分浓郁的，因此，像春琴那样生在富商世家，无法舍弃矜持的千金小姐，对于累代的仆从佐助所抱有的轻视与不屑是超出我们想象的吧。除此之外，失明使得春琴性格偏执，更加不愿示弱于人，不愿被人看不起，这样的心理和性格也是重要的原因吧。这样的话，也许在春琴看来，下嫁给佐助完全是对自己的一种侮辱。所以我们应该察觉这样一个事实，那就是春琴对于和下人发生肉体关系抱有一种羞耻的心理，因而作为一种反动，她故意要和佐助保持距离。如果真的是这样，佐助对春琴来说大概不过是生理上的必需品而已吧。至少在春琴的意识当中应该是这样的。

《春琴传》记载："春琴素有洁癖，衣物稍有污垢不着于身，贴身衣物更是每日命人换洗。每日早晚厉行房间扫除，晴雨不辍，落座之前，必用指头拂拭坐垫等表面,务求一尘不染。曾有弟子患胃病,不觉口中异味,于师父近前练习弹唱,春琴照例猛拨高音弦,放下三弦颦眉不语,其弟子不知何故,战战兢兢地求教再三,春琴曰:'我虽眼盲,嗅觉无异,速去含漱再来。'"因为眼盲而变得格外洁癖也是有可能的,可是如果是本来就有洁癖的人变成了盲人的话,那么简直无法想象在身边照顾她的人是多么劳心费神。名义上只是牵手导盲的仆从,但佐助的工作实际上并不只是牵手那么简单,饮食起居、如厕沐浴等几乎所有的日常生活琐事都需要佐助来照顾。而且佐助从春琴幼时就开始服侍她,对于她的好恶习性可以说了如指掌,除了佐助没有人能入得了春琴的法眼。从这个意义上讲,佐助对春琴来说的确是不可取代的。以前住在道修町的时候还要顾及父母兄弟的感受,现在成了一家之主,春琴的洁癖和任性有增无减,佐助的工作更加烦琐了。有些事《春琴传》上是不会记载的,但据阿照说:"师父上完茅厕以后从来没有洗过手,因为她上厕所从来不必用自己的手,所有的事都是佐助代劳,入浴的时候也不例外。高贵的妇人会说,一丝不挂地让别人给自己洗澡是不知羞耻,但师父对佐助来说的确是一个高贵的妇人。可能眼盲也是一个原因,加上从小已经习以为常,所以事到如今已经不会有什么特别的感觉。"春琴还非常讲究穿着打扮。自从失明以来虽然没有再照过镜子,但春琴对自己的容貌有着超乎寻常的自信,对于服装及发饰的搭配等十分用心,决不输常人。记忆力超群的她一定还记得自己九岁时的面容,加上世人的褒扬和奉承之词始终不绝于耳,春琴对于自己容貌出众的事实是十分清楚的。因此她在化妆上花费的精力非比寻常。她常年饲养树莺,用它的粪便和米糠和在一起用作护肤品,她还十分爱用丝瓜的汁液护肤。如果手足的皮肤不够细腻光滑,她便花容不悦,最忌讳皮肤干燥粗糙。凡是弹奏琴弦乐器的人,出于按压琴弦的需要都会注意修整左手指甲,但春琴格外要求严格,每三天必定要让佐助为她剪一次指甲,并用锉刀打磨工整,而且不光是左手,双手双脚的指甲都要一并修剪。说是剪指甲,但并没有多少指甲可剪,春琴总是让佐助把那刚长出的,肉眼几乎觉察不到的一厘两厘的指甲修剪得和平时一模一样。修剪以后,她会用手指一一触摸检查那些剪过的痕迹,不容有丝毫的出入。佐助就是这样一个人包揽了所有这些烦琐的杂务,除此之外,他还会帮助弟子练琴,有时候还会代替春琴教授那些后进的弟子。

肉体关系也有很多种。像佐助这样对春琴的肉体巨细尽知、朝夕相守的紧密关系,是一般的夫妇关系或恋爱关系所不能企及的。后来,在他自己也成了盲人之后还能够侍奉春琴左右而不犯大的过失,决不是偶然的。佐助一生没有娶妻纳妾,从学徒时代到八十三岁离世,除了春琴之外没有过第二个女人。他也许没有资格把春琴和别的女人做比较,但他晚年开始鳏居之后,常常情不自禁地对左右的人夸耀,说春琴的肌肤光滑,四肢柔软,世间少有,这已经成了他晚年唯一喜欢絮叨的事情。他常常伸开手掌,嘴里念叨:"师父的脚小巧得,刚好可以放进我的手掌里。"他还会一边抚摸自己的脸颊一边说:"哪怕是她的脚后跟都比我这里柔软光滑。"前文已经提过,春琴个子不大,但因为是穿衣显瘦的一类,所以裸体的时候出人意料的丰腴,而且皮肤白得近乎透明,不管多大年龄,皮肤都呈现出年轻的光泽。她平素喜食鱼肉和鸡肉,特别钟爱鲷鱼的刺身,作为当时的妇人来说,是少见的美食家,她还适量饮酒,每天晚上都会小酌一合①,这些可能也是她保持美貌的原因。(盲人吃东西的时候显得卑贱,让人心生怜悯,更何况是一个妙龄的盲女。不知道春琴是不是因为知道这一点,她从不愿在佐助以外的人面前饮食。受人招待的时候,也只是象征性地动动筷子,给人以极其高雅端庄的印象,但其实她对食物的要求是十分奢侈的。当然,她食量并不算大,米饭也就吃两小碗,菜肴每一样都会夹一筷子,由于种类多,吃饭的时候伺候起来决不是容易的事,有时甚至让人觉得她是在故意刁难佐助。佐助能够熟练地从炖鲷鱼的骨头上剔下鱼肉,干净利落地剥掉虾蟹的壳,还能把香鱼的骨头从尾到头一整根抽掉而不破坏鱼的外形。)春琴的头发很多,像丝绵一般柔软蓬松,她双手纤细,但可能是经常拨弄琴弦的缘故,指尖非常有力,被这双手扇在脸上是相当疼的。她很容易着急上火,但同时却又

---

① 一合为十分之一升。

肢体冰凉,就算是盛夏时节也从不流汗,双脚凉得像冰块一样,一年四季都用夹棉的纺绸或是绉绸棉袄当作睡袍,睡觉时用长长的睡袍的裙裾把双脚包裹起来,一直保持睡姿不变。为了防止上火,她尽量不使用被炉或者汤婆子,脚太冷的时候,佐助就把她的双脚抱在自己怀里让她取暖,可是这样却收效甚微,反而连佐助的胸膛也变得冰冷彻骨了。春琴入浴时,为了不让水蒸气弥漫,即使是冬天也不关窗户,水温只到温热,每泡一两分钟就要起来一下,如此反复多次,如果一次泡的时间过长马上就会觉得头晕心悸,所以她必须在尽量短的时间内让身体暖和起来并把身体清洗干净。像这样的事情知道得越多就越能体会到佐助的不易,而且在物质上佐助得到的回报也少得可怜,他的酬劳不过是零星的一些补助,有时身上的钱还不够买一盒烟,衣物也只有年中和岁末两次配给的工作服而已。虽然有时候会代替师父训练弟子,但并没有得到任何地位上的认可,春琴命令门中弟子和女佣只能称呼其"阿助",陪同师父上门授课时,他被要求在门口等候。有一次,佐助牙疼,右边脸颊肿得厉害,入夜以后更加疼痛难忍,但还是强装无事,和平常一样伺候春琴就寝,只是不时地悄悄跑去漱口,尽量避免口中气息接触到她。春琴躺下以后一会儿让佐助揉揉肩,一会儿又让他搓搓腰,佐助按照要求为她按摩了一阵之后,春琴道:"好了好了,帮我暖暖脚。"于是佐助在春琴的脚边横卧下来,敞开衣襟把脚掌贴在自己的胸口上。这时候他的胸口冰冷,但脸上却因为被窝里的热气而发烫,牙疼越来越厉害,他终于忍受不住,就把肿胀的脸颊贴在了春琴的脚掌上,刚感到舒服一点,春琴就发作似的一脚踢在他的脸颊上,佐助顿时疼得跳了起来。这时春琴道:"算了,不必再暖脚了。我让你用胸口暖脚可没叫你用脸,脚掌心上没长眼睛,盲人常人都是一样,可你竟然如此欺骗于我。白天开始我就已经察觉你牙疼,况且你的两边脸颊温度和肿胀程度都不一样,我用脚掌也能感觉出来。你若真的苦痛难耐照实说也就是了,我并不是不知道疼惜下人的主子,可你偏要装出一副尽忠的样子,暗地里却用主子的身体帮你冷敷牙齿,你这无法无天、偷奸耍滑的懒骨头,真是可恨至极!"春琴对待佐助的态度基本上都是这样的,特别是佐助对年轻的女弟子有所关怀,或者帮助她们练琴的时候,春琴是最不能容忍的。每当她在这方面有所怀疑的时候,佐助就会吃尽苦头,正因为她不会露骨地表现出嫉妒,所以才会用更可怕的方式来刁难他。

一个女人,双目失明且独身一人,要说奢侈又能奢侈到哪里去呢?就算是锦衣玉食伺候着,花销也是有限的。可春琴家里只有一个主人,却有五六个下人伺候着,每月的生活费高得惊人。为何需要那么多钱和人手呢?最大的原因就在于她养鸟的嗜好。她特别钟爱的是树莺。今天叫声好听的树莺一只可以卖到一万日元,虽然是很久以前的事,但情况应该差不多。当然,今天人们分辨鸟儿啼叫的方法或是赏玩方法似乎都有所不同,举今天的例子来说,除了"嚯——嚯啾啾"的生来具有的叫声之外,还会"啁啾、啁啾、啁啾啁啾"地叫,也就是所谓"渡谷"的叫声,或者是"嚯——叽——呗咔吭"地叫,也就是所谓"高音"的叫声,会这两种叫声的鸟儿特别值钱。据说野莺不会这么叫,即便偶尔有这么叫的,也是"嚯——叽——呗喳"地叫,很是难听。要想让它的叫声带着

"吭"这样的金属质地的优美的余韵,必须要经过某些人为的训练来养成。具体说就是把野莺在尾羽长出来之前捕来,让它跟着其他的师父鸟练习唱歌,要是等到尾羽长出来之后,它已经记住了亲鸟的难听的叫声,就来不及矫正了。当师父的鸟儿以前也是这样被人为训练出来的,其中有名的鸟儿主人会给它们起个名号,比如"凤凰""千代友"之类的。如果哪个地方的哪家人养了这样一只名鸟的话,很多养鸟人就会大老远携鸟赶来,请求名鸟赐教,这就叫作"出门学音",一般一大清早出门,持续几日之久。有时候师父鸟也会到一定的地方去出差讲学,徒弟鸟儿们围聚在四周,如同歌唱的课堂一般。当然,每一只树莺的素质各不相同,声音也各有优劣,同样是"渡谷"或"高音"的鸣叫,音调高低的把控和余韵的长短都各不相同,所以要捕到天资好的树莺并不容易。如果捕到还能赚取授业费用,价格自然不菲。春琴把自家养的最优秀的一只树莺命名为"天鼓",每天早晚都会欣赏它的歌声。"天鼓"的叫声的确了得,唱"高音"时的"吭"的声音格外清澈且带有余韵,和极尽人工雕琢的乐器别无二致,很难想象是鸟儿发出的叫声,而且其叫声幅度长,有力道且润泽通透。春琴对"天鼓"悉心照料,吩咐下人们对它的食物要格外注意。一般制作树莺食饵的方法是,把大豆和玄米炒熟后磨成粉,再拌入米糠,制成粉末待用,另外再把鲫鱼或桃花鱼的鱼干碾成粉末待用,最后把这两种粉末以一比一的比例混合,用萝卜叶的汁液调匀,相当麻烦。除此之外,为了让鸟儿的叫声更好听,还需要从一种叫蘡薁的蔓草的茎中捕捉一种昆虫来,每天喂它一两只。春琴家里饲养了大概五六只这样耗时费力的鸟儿,所以家仆之中有一两个人是专门负责喂养鸟儿的。树莺不会在人前轻易鸣叫,须将鸟笼放在一个叫作饲桶的梧桐木做的盒子里,再用纸拉窗密闭起来,使里面只能看到透过纸窗的微光。这饲桶的纸拉窗往往使用紫檀、黑檀等名贵木材,并施以精巧的雕刻,或镶上白蝶贝、描上泥金画,制作相当考究,其中不乏古董精品,即使今天价值一两百元甚至五百元的物件也并不少见。"天鼓"的饲桶上镶嵌着据说是中国舶来的珍品,骨架用紫檀做成,腰间装着琅玕和翡翠的板子,板上又精细地雕刻着山水楼阁,十分高雅华贵。春琴常常把这个盒子安放在起居室壁龛旁的窗户前聆听鸟儿的鸣叫,当"天鼓"展示优美的歌喉时,春琴的心情就特别好,所以仆人们都给它洒水让它鸣叫。一般天气晴朗的日子鸟儿叫得多,天气不好的时候春琴也就变得没那么好伺候了。"天鼓"从冬末到春天是叫得最频繁的时候,到了夏天,叫的次数就一天比一天少,春琴也随着变得郁郁寡欢。如果饲养得好,树莺的寿命可以很长,但前提是要精心照料,如果交给没有经验的人来养很容易死掉。死了以后就要重新再买。春琴家的第一代"天鼓"就在八岁的时候死掉了,那之后有一段时间没有找着天资好的鸟儿来继承"天鼓"的名号,但几年之后终于得到一只不辱前代的名鸟,于是春琴又继续给它命名为"天鼓",爱不释手。"第二代天鼓亦啼声灵妙,不输迦陵频伽①,春琴朝夕置鸟笼于座右,钟爱有加。常令弟子倾听此鸟啼鸣,后晓谕弟子曰:汝等且听天鼓之鸣唱,此本无名之鸟,自幼勤学苦练,天道酬勤,其声之美非野莺可比,有人云,此乃人工之美而非天然

---

① 佛教中的"妙音鸟"。

之美,不如幽谷山路中访春探花时,从山涧对岸的霞蔚深处不经意传来的野莺的啼叫来得风雅,然而我却不敢苟同,野莺之声须得特定的时间地点,听者心境使然,方可听出其中雅致。倘若单论其声,实难谓之美也。然闻天鼓名鸟之声,如入幽境,妙趣横生,山间溪流潺潺,峰顶樱花璎珺,悉数浮现心海脑海之中,其声音之中既有繁花似锦亦有云蒸霞蔚,让人忘却身在万丈红尘之中,此乃所谓巧夺天工,以人工技巧与自然风物争锋也,音曲之秘诀亦在此处也。此外,春琴训诫愚钝之弟子时亦云,小小飞禽都能体会学艺之道的要诀,汝枉生为人,竟不如禽类。"道理虽然不假,但动辄被用来和鸟儿比较,佐助和弟子们想必心里不会好受吧。

春琴最爱树莺,云雀次之。这种鸟有向天高飞的习性,身在笼中也总是高高地向上飞舞,所以它的鸟笼也做成竖直细长的形状,高度达到三到五尺。然而要真正欣赏云雀的声音就要把它从笼子里放出来,让它们飞上云霄,在地面上聆听它们切云拨雾时发出的鸣叫,这叫作赏"切云之技"。

云雀一般会在空中停留一定的时间之后返回原来的笼中,在空中停留的时间大约十分钟甚至二三十分钟,停留时间越长越被认为是优秀的云雀,因此,云雀竞技比赛的时候,将鸟笼排成一排,同时打开门放它们飞向天空,最后一个回到笼中的鸟儿获胜。劣等的云雀归来时可能误入旁边的鸟笼,有的甚至落到一两丁之外的地方,但一般的云雀还是能准确回到自己的鸟笼。因为云雀是垂直向上飞起,在空中某个固定的地方停留,然后再垂直地降落,所以自然会回到原来的笼子。虽说是"切云",但并不是横着把云切开,之所以看起来像是在"切云"是因为流动的云从高飞的云雀身上掠过的原因。住在淀屋桥春琴家附近一带的居民,常常会在明媚的春日里看到失明的女琴师站在自家的晒台上,将云雀向天空放飞的情景。每次都有佐助陪侍在一旁,还有一个女仆负责照看鸟儿。女琴师一声令下,女仆就打开笼门。云雀一边发出欢喜的叫声,一边扶摇直上,消失在云霞之中。女琴师抬起头,用看不见的双眼追寻鸟儿的踪迹,然后又聚精会神地陶醉在那不断从云间洒落的鸟鸣之中。有时,几个鸟友分别带着自己引以为傲的云雀来到这里一争高下。每当这种时候,隔壁邻居也纷纷登上自家的晒台去,一饱耳福。其中不乏有些人与其说是为了听云雀,不如说是冲着美人去的。按理说城内的年轻人早就应该看惯了,可世上总有些好事好色之徒,一听见云雀的叫声就知道可以瞻仰女琴师的尊容,于是迫不及待地往屋顶上跑。他们之所以这么大惊小怪,可能是从失明的美人身上感受到一种特别的魅力和深沉,从而被勾起了好奇心的缘故吧。又或者是因为平时她由佐助牵引着外出授课时总是默默不语表情凝重,而放飞云雀的时候却有说有笑表情爽朗,因而美貌显得更加生动的缘故吧。除了树莺和云雀,春琴还养过知更鸟、鹦鹉、白眼鸟和黄道眉等,有时候同时养着五六只各种鸟儿,这些鸟儿所需的费用不是一个小数目。

春琴是那种在家蛮横,在外却和颜悦色的人。受邀作客的时候,她的言语动作极为端庄贤淑,风情万种,根本不能把她和一个在家里虐待佐助打骂弟子的女人联系起来。此外,她与人交往重体面,阔绰浮华,婚丧礼金及年中岁末的赠答都以鹦屋家小姐的规格操办,很是阔气,给仆人侍应轿夫车夫的赏钱也都不是小气的数目,可要说她是个不计后果的败家子儿,也决不是那么回事儿。笔者曾经在《我眼中的大阪及大阪人》这篇文章中论述过大阪人的节俭生活:东京人的奢侈是表里如一的,而大阪人无论表面上看起来多么出手大方,必然在一些不为人注意的地方缩减开支,厉行节约。春琴出生道修町的商人之家,又怎么能例外呢?一方面她极度奢侈,另一方面又极端吝啬贪婪。本来攀比阔绰就是因为生性好强,所以如果不能达到一定目的,她是不会随意浪费钱财的,她并不是心血来潮随意散财,而是经过仔细考量之后有的放矢,在这一点上她非常理性而计较。有的时候这种生性好强的性格反而转化成一种贪欲。她向门中弟子收取的入门礼和月酬等十分昂贵,本来一介女流怎么也应该和其他师父保持平衡,可她却自命不凡,定要收取和一流的检校同等的金额,决不让步。如果只是这样倒也罢了,她甚至干涉弟子们在中元和岁末等时候赠送的礼品,不厌其烦地在明里暗里示意他们多送一些。其门中有一弟子,家境贫寒,常常滞纳每月的月酬,有一年中元,因无钱购买像样的礼品,只好买了一盒白仙羹聊表心意,并向佐助求情道:"就请您可怜我家境贫寒,在师父面前帮我美言几句,请她宽宏大量不与我计较吧。"佐助也觉得此人可怜,于是战战兢兢地去向师父回话,春琴一听立刻变了脸色道:"我斤斤计较这些个月酬礼品什么的,可能有人觉得我贪心,其实不然,金钱本来多少都无关紧要,可是如果没有一个大致的标准,师徒之间的礼数就不能成立,那孩子就连每月的月酬都不上心,今日又买一盒白仙羹来充作中元之礼,真是无礼之极,说是蔑视师父也不为过。恕我直言,倘若真是如此贫寒,恐怕也很难期待技艺的长进了。当然了,某些情况下我也不是不可以免费教授,但这个人必须是前途有望,天赋异禀的麒麟儿才行,能够战胜贫苦出人头地者,生来就有不同寻常的才能,光靠毅力和热情是不够的。那孩子除了厚颜无耻之外别无长处,很难期待其技艺方面有所成就,说什么'可怜我家境贫寒',也太自以为是了,与其自曝家丑、与人为难,倒不如干脆断了在这条道上安身立命的念头,如果实在想学,大阪有的是好老师,自己只管重新拜师就是了,我这里从今日起就不必再来了。"此话一出，无论怎么赔礼道歉她也不听，最后真的把那个弟子逐出师门去了。而另一方面，如果有弟子奉上多余的礼品，平时严苛的她那一天也会和颜悦色，说出一些言不由衷的褒美之词，听者也听得起鸡皮疙瘩，弟子间说起师父的恭维都觉得可怕。就这样，各方得来的财物她都会一一品鉴，连点心的盒子也要打开来查验清楚，每月的收入支出等也会叫来佐助，让他摆好算盘，把账目算清楚。她对算术十分敏感，善于心算，对数字过耳不忘，付给米店的钱是多少多少，付给酒馆的又是多少多少，两三个月以前的账目她都记得清清楚楚。她生活穷奢极侈，但毕竟收入有限，自己挥霍掉的必然要从其他地方克扣出来，她只顾自己奢侈，最后倒霉的是家里的仆人们。在家里只有她一个人过着大名一样的生活，佐助以下的仆人都被迫节衣缩食，过着清苦的生活，她甚至对每天饭食的量都要过问，有时仆人们甚至吃不饱肚子。仆人暗地里议论说："师父常说'树莺云雀都比你们忠心'，它们忠心的确有道理，主人待它们可比对我们好多了。"

· 春 琴 抄 ·

父亲安左卫门在世的时候，鹈屋家每月都会按照春琴的要求送钱来帮补女儿，可父亲死后兄长继承了家业，数额也就不可能是要多少给多少了。现如今有钱有闲妇人们的奢侈用度似乎并不少见，但在那个年代即便是男子也是必须很有节制的。即便家底殷实，越是正经人家对于衣食住行的奢侈越是谨慎，以免遭受僭位越分的非议，更不愿与暴发户为伍。之所以放任春琴的奢侈是因为做父母的可怜女儿身有残疾，没有别的爱好消遣，可到了哥哥这一代，各种批评声音不断，所以哥哥规定了每月最大限额，超过限度的要求就不再被接受了。春琴的吝啬大概跟这事儿也有关系。即使如此老家送来的钱支撑生活仍然有余，所以教授琴曲的工作其实无关紧要，对弟子们趾高气扬也就是十分自然的了。事实上敲响春琴家大门的人寥寥无几，掰着手指头也能数清楚，所以她才有时间沉迷养鸟作乐，但不得不说的是，春琴无论生田流的古筝还是三弦，都是当时大阪一流的名手，这决不只是她的自负而已，公平的人对于这一点都是承认的。那些憎恶春琴傲慢的人其实在心里对她的高超技艺是妒忌或者害怕的。笔者认识一位老艺人,年轻时曾屡屡听过春琴弹奏三弦,虽然此人弹的是净琉璃①的三弦,技法等有所不同,但据老艺人说,近年来还没听到过有谁演奏地歌三弦②能像春琴那样,对微妙的声音把控演绎得那么准确到位。另外,据说团平年轻时也曾听过春琴的演奏,他曾感叹:"此人若生为男子并且弹奏粗杆三弦的话,一定能成为一代名师。"团平的意思可能是说,粗杆三弦是三弦艺术的极致,而如果不是身为男子,终难究其奥义,所以为春琴有此天赋却身为女子而惋惜;又或者是说团平从春琴的演奏中感觉到一种男性化的特征吧。前文所述的老艺人也曾经说过,闭着眼睛听春琴的演奏的话,会感到其音质遒劲有力,精练老道,很像出自男人之手,而其音色也不仅仅是清逸优美,还富于变化,不时奏出深沉醇厚的音色,在女子当中实为少见的妙手。如果春琴稍微处事圆滑,懂得谦恭一些的话,她的名声一定要大得多,但她生在富贵之家,不懂生计辛苦,处事任性傲慢,所以世

---

① 净琉璃是一种日本说唱叙事表演,通常使用三味线伴奏。
② 江户时代以京都一带为中心的三弦琴音乐。

人都对其敬而远之,她天资过人却反而导致四处树敌,无奈其才能也被埋没殆尽了,这固然是她自食其果,但也不得不说是她的不幸。所以前来春琴门下拜师学艺之人都是钦佩其实力过人,非此人不以为师的忠实信徒,他们都是抱着为了修炼技艺甘受鞭挞怒骂的信念来的,然而能够长时间忍受下来的人并不多,一般的人都会因无法忍受而放弃,有的业余爱好者坚持还不到一个月。想来,春琴的训练方式已经超出鞭挞的范畴,发展成为带着嗜虐性色彩的恶意体罚,这也是和她自己的名家意识分不开的。也就是说,世人对此宽容,弟子也有心理准备,所以越是这样就越觉得自己是大师名家,渐渐地这种倾向越演越烈,最后连自己也无法控制了。

伺候过春琴的鸭泽照说过,老师的弟子真的很少,其中有些人是冲着老师的美貌来学琴的,特别是业余爱好者当中这样的人很多。美貌、未婚、有钱人家的小姐,冲着这样的师父来学琴一点也不奇怪。严厉对待弟子据说也是她击退那些心怀鬼胎的色狼的一种手段,可讽刺的是这反而吸引了更多这样的人。做个不严谨的推测,认认真真专业学琴的弟子当中,从美人的鞭笞中感受到不可思议的快感,比起学琴练功更受那方面吸引的人也不是绝对没有吧。总有几个人和让·雅克·卢梭是同类吧。时过境迁,如今在讲述降临在春琴身上的第二场灾难的时候,由于《春琴传》中也没有明确的记载,很遗憾,要想弄清何人行凶,因何缘由,已经不大可能,但基于上述情况来考虑,认为她因得罪某个弟子而遭受报复恐怕是最为恰当的推测了。弟子中嫌疑最大的要数土佐堀的杂粮商"美浓屋"的主人九兵卫的儿子利太郎了。这是一位浪荡公子,一贯自认游艺精湛,但不知道什么时候开始拜在春琴门下学习古筝和三弦琴。此人仗着家产万贯,走到哪里都是一副大少爷的派头,趾高气扬,不可一世,把同门中其他弟子都当作自家店里伙计对待,春琴心里虽然也不待见这个人,可是他孝敬的钱财礼品丰厚,春琴一时也没有拒绝,睁一只眼闭一只眼地应付着。这样一来他更是逢人就吹嘘,说连春琴师父都对他自愧不如,他尤其不屑于让佐助代为指导练习,非要春琴亲自教授不可,对于他的得寸进尺、得意忘形,春琴也大为光火。正在这个时候,发生了一件事,他的父亲九兵卫在天下茶屋①的僻静之地建了一处茅草铺顶的隐居之所,用于安享晚年。那里的园子里种了十几株梅花古木,那年农历二月,他家府上在此举办了一场赏梅宴,也邀请了春琴光临。管事的是大少爷利太郎,请了很多的帮闲和艺伎,好不热闹。不用说,春琴自然是在佐助的陪同下前往的。佐助当天不停地被利太郎和手下的人劝酒,感到不知所措。近来他虽然会在晚上陪师父小酌几杯,但他酒量并不好,而且出门在外的时候没有师父的允许他是一滴酒也不能沾的,要是喝醉的话很可能完不成最要紧的牵手任务,所以他假装喝酒想要蒙混过关,但利太郎一眼就识破了,于是扯着破锣嗓子对着春琴喊道:"师父,没有师父的许可,阿助不肯喝酒呀!今天不是赏梅嘛,就让阿助放松放松嘛,就算他趴下了,想要为师父您牵手的大有人在呀!"春琴没有办法,只好苦笑着应付道:"好吧好吧,喝一点点也无妨,你们可别把他灌醉了!"话音一落,众人仿佛得了令似的,

---

① 大阪市地名。

你一杯我一杯地敬起酒来,可即便如此佐助也不敢松懈,七分酒都喂了洗杯器。那日,据说所有在座的帮闲和艺伎们都得以一睹久闻大名的女琴师芳容,无不惊叹她名不虚传,有着如绯樱一般的姿容与气韵,人人都交口称赞。这固然可能是手下人为了博得利太郎的欢心而说出的奉迎之词,但当时三十七岁的春琴的确美艳动人,看上去比实际上至少年轻十岁。她皮肤白皙通透,看到她领口处皮肤的人甚至会感到一股逼人的寒气。她的指甲光亮润泽,一双小手小心翼翼地置于膝上,微微低垂的瞑目的面庞十分娇艳,在场的人都被深深吸引,心醉神迷。众人都到庭园之中赏梅游玩的时候,佐助也引着春琴来到花间,一边小心地领着她迈着步子,一边在每一棵梅树前停下来,把她的手放在梅树的枝干上让她摸一摸。"这里,这里也有一株梅树。"因为盲人一般都是以触觉来确认事物的存在,否则不能彻底了解,所以赏花的时候也习惯这样用手去触摸,但是看到春琴用她纤纤玉手不停地抚摸坚硬粗糙的老树时,一个帮闲怪声怪气道:"啊!真羡慕这棵梅树啊!"听他这么一说,另一个帮闲也堵在春琴面前,一边说:

· 春琴抄 ·

"我也是一棵梅树。"一边耍笑地做出疏影横斜之态,惹得一群人捧腹大笑。这本来是一种亲切逗笑的行为,是对春琴的一种赞美,并没有侮辱的意思,可春琴哪里习惯那些花街柳巷的恶俗玩笑,自然心生不悦。她一直以来都希望得到和平常人一样的待遇,讨厌被歧视,所以这样的玩笑是最让她生气的。不一会儿,天色暗了下来,这次换了个地方又开始了第二场宴席。"阿助你也累坏了吧,春琴师父这里有我呢,趁着这边正在准备的空儿,你先去吃点东西吧。"佐助心想,趁着还没有被他们灌酒之前不如先去填饱肚子,于是就听从了安排,先退到别的房间去用餐了。一说要吃饭,一个拿着酒壶的老伎就十分殷勤地一旁伺候着,寸步不离,还一杯接一杯地斟酒,所以吃这顿饭花了不少时间,可是饭吃完了也没见有人来叫他,在房间里等了一会儿,忽然听到宴席那边有动静,佐助急急忙忙地赶了过去,看到春琴的表情大概猜到刚才发生的事情:春琴让人去叫佐助,可是利太郎硬是不让。"上厕所的话我可以带你去啊。"说着领她到了走廊上,正要握住她的手要走的时候,春琴固执地挣脱他道:"不行不行,还是请把佐助找来。"说完就不走了,就在这个时候佐助也赶了过来。发生了这样的事,本来春琴觉得要是能就此和那个人断绝了来往倒是好事,可没想到的是,大概是不甘心就这样被拒绝吧,第二天又恬不知耻地像什么事也没有似的来练琴了。既然这样,那就认认真真地调教调教你吧,如果你能忍受得了练功的辛苦你就试试看,春琴这么想着,突然改变了态度,教授开始严厉起来。这样一来,搞得利太郎不知所措,每天汗流三斗,气喘吁吁。以前靠着自己的一点小秘诀受人吹捧的时候倒还过得去,可现在老师故意要挑刺儿的话,那毛病要多少有多少,逮着毛病春琴就是一顿毫无顾忌的臭骂。本来抱着假托学琴伺机占便宜的心态来的,怎么能忍受得了这样严苛的训练呢?于是便开始偷奸耍滑,无论教得多么认真,他都是一副心不在焉的样子,春琴终于忍无可忍,大喝一声"蠢货",拿起拨子猛地一击,这一击刮破了眉间的皮,利太郎大呼:"好痛!"他用力擦了擦额头上滴下的血,丢下一句,"你给我记着!"就愤然离去,再也没有回来。

另有一种说法认为行凶者可能是住在北新地一带的某少女的父亲。这个女孩的父母打算把她培养成艺伎,所以把她送到春琴门下严加调教,为了学有所成,小姑娘默默忍受着练功的艰辛。有一次,她被春琴用拨子打了头,哭着跑回了家,因为发际处留下了疤痕,她父亲恨得咬牙切齿,向春琴提出严厉的抗议和谴责。看来应该是她的亲生父亲无疑。"再怎么说是调教弟子,可如此虐待一个年幼的女孩子也太过分了,她以后还要靠这张脸吃饭,现在却留下难看的疤痕,这事不可能就这么算了,你看着办吧!"他言辞相当激烈,而春琴也拿出与生俱来的倔脾气反击道:"您不正是因为我这里管教严厉所以才把女儿送到这里的吗?早知如此何必当初呢?"这位父亲听了更加气愤:"要敲要打本来也没什么,可盲人下手是很危险的,不知道会在什么地方留下什么样的伤,是盲人就更应该好自为之!"话里充满了火药味,一触即发,这个时候佐助出来斡旋,好不容易才把人给送走了。春琴虽然脸色苍白,浑身发抖,不再多言,但直到最后连句道歉的话也没有。有人说就是这位父亲,因为女儿的容貌受损,所以才在春琴的脸上进行报复。可是既然说是发际处,不外乎额头上或者耳朵后面之类的地方留下疤痕而已,就算是爱女心切,也不该将她完全毁容,这样的报复也太过于恶毒了。更何况对方是个盲人,就算花容尽毁,对于她本人来说也不构成太大的打击,如果只是针对春琴的话,应该有更加痛快的方法。据我推测,复仇者的意图不只是要让春琴痛苦,很可能是要让佐助比春琴自己还要无法接受,这样从结果来看反而是最让春琴痛苦的。如果是这样的话,比起上述女孩的父亲来,利太郎的嫌疑要大得多。虽然无法得知利太郎对春琴的爱慕达到了什么样的程度,但年轻的时候男人总是对年长些的女人比对年纪小的女人抱有更大的憧憬的,很有可能这位放荡成性的花花公子对一般的女人已经感到厌倦,最后却从盲目的美人身上感到一种特别的魅力。一开始可能只是一时好事之举,可是不但碰了一鼻子灰,眉间还被破了相,很难说他不会进行恶毒的报复。当然了,春琴树敌太多,除了这两人之外,也不能排除还有别的人因为某种原因对她抱有怨恨,所以也很难说就一定是利太郎所为。另外,也有可能并不是感情上的纠纷,在金钱问题上，像前文所述的那个家境贫寒的弟子那样，遭受不公待遇的人也不是一个两个。还有，听说还有好几个人，虽然不像利太郎那么厚颜无耻，但暗地里还是很妒忌佐助的。佐助处于一个非常奇怪的位置，"导盲者"这个身份并不能长久掩饰，两人的关系在门中弟子之间已是公开的秘密，所以心中对春琴有意的人都妒忌佐助艳福不浅，因而对他伺候春琴时的忠实勤恳的样子感到反感。如果是名正言顺的丈夫，又或者哪怕是有情夫的待遇也好，别人也无话可说。可他从头到尾只是一个牵手导盲的下人，从按摩到沐浴，春琴身边所有事情都由他一手操办，他表现得完全是一副忠实奴仆的样子，所以知道内情的人难免觉得他可笑至极。不少人都嘲笑说："像那种导盲人，辛苦一些又有什么，就算是我也愿意干哪，没什么值得佩服的。""要是春琴那张漂亮的脸蛋有朝一日毁于一旦，不知道那家伙会是什么表情，还会那么老老实实、勤勤恳恳地伺候一个毁容的丑女人吗？真想亲眼看一场好戏啊！"憎恨佐助的人也难保不会出于这种心理，别有用心地制造祸端。总之，关于何人行凶，众说纷纭，没人能判断事实真相,但还有一个有力的说法将怀疑的矛头指向一个十分意外的方向,那就是行凶者可能并非门中弟子,而是春琴在生意上的对手,某个检校或者女琴师。虽然没有什么证据,但这也许是最具洞察力的分析了。春琴一贯傲慢不逊,在琴技上好以第一人自居,而世间也不乏认可之人,这伤害了同行琴师的自尊心,有时甚至成为一种威胁。说到检校,那是以前朝廷赐给盲人男子的官位,他们允许有专门的服装和交通工具,在社会上所受的待遇也和寻常艺人不可相提并论,而如果坊间传言这样的人琴技还不如春琴的话,他如何在世上立足呢?所以因为这个很可能招致某个检校的妒忌和怨恨,想出一些阴险的手段来毁了她的技艺和口碑,也是不足为奇的。常常听闻因为妒忌别人的歌喉而逼其喝下水银的事例,而春琴在声乐和器乐两方面都很优秀,于是才想出毁其容貌的阴招,好让这个自恃美貌又爱慕虚荣的女人不再出现在公众面前。如果说行凶者不是某检校而是某个女琴师的话,连自恃美貌这一点也是招人恨的原因了,所以毁掉春琴的容貌自然更觉得痛快了。这样梳理一下值得怀疑的人和事,不难发现,春琴早晚会遭人毒手,她在不知不觉中已经四处播下了灾祸的种子。

    前文所述的天下茶屋的赏梅宴之后过了一个半月,时值三月最后一天的晚上八刻半钟,也就是凌晨三点时分,"佐助惊闻春琴苦吟之声,立刻起身从套间内赶至,匆匆点灯察看,然四周已不见人影,其状似有贼人撬开防雨窗潜入春琴卧室,因察觉佐助起身,仓皇而逃,未得一物。此贼狼狈之余,顺势以手边铁壶掷向春琴,迅速逃离,壶中热汤飞溅,无奈冰肌玉颊之上留下些微疤痕,好在只如白璧微瑕,于花容月貌并无大碍,然春琴对面上微痕甚为介怀,此后常以绉纱头巾覆面,终日笼居一室不愿见人。虽亲人弟子难窥其容貌,由此种种风闻臆说层出不穷。"这是《春琴传》中的记载。传记中继续写道,"春琴之伤甚微,几无损于天赋美貌。羞于见人乃其洁癖所致,视微不足道之疤痕如奇耻大辱,此或为盲人之敏感过虑使然也。"《春琴传》中还这样记载道:"不知何故,数十日之后,佐助亦因突发白内障双目失明。佐助发现眼前一片朦胧,难辨形状之后,突然摸摸索索来到春琴面前,狂喜道:'师父!佐助失明矣!此生已不得见师父脸上疤痕。这失明来得正是时候,此乃天意啊!'春琴闻之怃然,久久无言以对。"笔者体恤佐助痴心不忍揭穿真相,但不得不说传记中的叙述存在故意歪曲隐瞒。他在这个时候偶然患上白内障太过离奇,而且春琴再怎么洁癖,再怎么敏感过虑,也不至于因为一点无伤大雅的疤痕终日以头巾覆面,羞于见人。事实上,春琴的花容月貌已然惨不忍睹。据鹬泽照和其他两三个知情者的证言,那贼人是事先潜入厨房生火烧水之后,提着铁壶闯入春琴卧室,用开水从正面浇在春琴脸上的。那贼人是早有预谋,目的就是毁掉春琴的容貌,根本不是一般的入室盗窃,也不是狼狈之余无意为之。那天晚上春琴完全不省人事,直到第二天早上才苏醒过来,被烫伤糜烂的皮肤直到两个月后才完全干透,可以说伤势非常严重。所以关于春琴容貌变化的惨状才有了各种奇奇怪怪的流言。有的甚至说她头发剥落,左半边脑袋成了秃头,像这样的传言也不能说就一定是无中生有的臆说。佐助自那以后就失明了,所以的确是看不见了,可是"虽亲人弟子难窥其容貌"又怎么样呢？绝对不让任何人看见是不可能做到的，就像鹈泽照这样近旁的人，是不可能没有看见过的。只不过这位阿照也很尊重佐助的意愿，绝对不向别人透露春琴容貌的秘密。我也曾试着向她询问过此事，她只是说："佐助先生一直深信春琴师父的美貌始终如一，所以我也一直这么相信。"除此之外就再也没有告诉我更详细的情况了。

佐助在春琴去世十多年之后曾经向身边的人透露过他失明的来龙去脉，根据他这些话才终于得以还原当时的详细情况。春琴遇袭的那天晚上，佐助和平常一样睡在春琴卧房的隔壁。听到有响动，睁眼一看夜明灯已经熄了，漆黑之中只听见春琴的呻吟声，佐助大吃一惊，跳了起来，他先把夜明灯点上，然后提着灯向屏风后铺着春琴床铺的方向走去，他借着屏风上的金泥纸布所反射的灯笼的微光，环视了整个房间，并没有发现任何被翻动的痕迹，只是春琴的枕头边躺着一只铁水壶，春琴也仰面躺在被褥之中，只是不知为什么不断哼哼地呻吟。佐助最初以为春琴是在做噩梦，于是一边问："师父您怎么了？"一边靠近她的枕边想要叫醒她。就在这个时候,春琴不由自主地"啊——"地大叫一声,捂住了双眼,"佐助,佐助,我的样子已经惨不忍睹了,你不要看我的脸!"春琴的声音伴随着痛苦的喘息,她一边痛苦地扭动身体一边拼命用双手遮住自己的脸。于是佐助说道:"请您放心,我不会看您的脸的,我现在已经把眼睛闭上了。"说着佐助把灯笼拿开了,听到他这么说,春琴好像松了一口气似的,就那样昏厥过去。那之后她也一直在浑浑噩噩中不停地呓语:"不要让任何人看见我的脸,这件事要帮我保守秘密。""何须如此担心?等燎泡消了您就可以恢复以前的容貌了。"当身边的人这么安慰她的时候,她会说:"如此严重的烫伤,容貌怎么可能没有变化?这种宽心的话我不想听,与其说这些不如不要看我的脸。"随着春琴意识的恢复,她越来越强调不愿让人看到她的脸,除了医生之外,她甚至连对佐助也不愿透露伤情,在换药膏和绷带的时候,所有人都被要求退到病房之外。由此看来,佐助对春琴受伤后的容貌也并不十分清楚。他那天夜里赶到春琴枕边的那一瞬间,虽然是看了一眼被严重烫伤溃烂的脸,但因为不忍直视很快就把头扭到一边,所以他脑海中只是留下了一个模糊的印象,好像看到一个在灯火摇曳的光影中的超凡而怪异的幻影。那之后,佐助就只看到过春琴满脸缠着绷带,只露出鼻孔和嘴唇的样子。其实正如春琴害怕被看到一样,佐助也是害怕看到的。他每次靠近病床的时候都会尽量闭上眼睛,或者把视线移开。所以他实际上并不知晓春琴的容貌发生了多大程度的变化,而且他也主动回避了可以知晓的机会。在经过一段时间的调养,春琴的伤已经好得差不多了的时候,有一日,佐助一个人在病房陪侍,春琴突然好像很难过地问道:"佐助,你已经看到我的脸了吧?""没有没有,既然您说过不准看,我又怎么会违抗您的意思呢?"佐助答道。"很快我的伤就会痊愈,到时就必须拆掉绷带,医生也不会再来,那时候,别的人暂且不论,佐助你是肯定会看到我的脸的。"个性好强的春琴这个时候好像也放下面子,第一次流下了眼泪,隔着绷带不停地擦拭着双眼,而佐助也相对无言,只是不住地呜咽。"好吧,我一定不会看到您的脸的,请您放心。"佐助好像做出了什么决定似的说道。那之后又过了几天,春琴也不再一直躺在病床上,身体恢复得已经随时可以去除绷带了。那天一早,佐助从女仆的房间里偷偷拿来梳妆台和缝衣针,然后端坐在睡铺上,一边照着镜子一边把针尖扎进了自己的眼睛。他并不确定用针扎眼就一定会看不见,只是想用一种痛苦较轻又便于实施的方法让自己变成瞎子,于是他就尝试了这个方法。他先用针尖刺左眼的黑眼珠,要瞄准黑眼珠似乎并不容易,可是白眼珠的部分比较硬,针扎不进去,而黑眼珠则比较柔软,扎了两三次之后就顺利地扎进去缝衣针的五分之一左右,瞬间眼球上就泛起白浊,随后就感觉到视力逐渐消失了。没有出血,没有发烧,也几乎没有疼痛。这一针刺破了水晶体的组织,可以推测是引起了外伤性白内障而导致失明的。佐助接着又用同样的方法刺瞎了右眼,一瞬间他就双目失明了。当然,据他说,刚开始的时候还能勉强看到模糊的物体的形状,十天左右之后就完全看不见了。没过多久春琴的伤痊愈的时候,佐助摸索着走到内屋里,在春琴面前磕头道:"师父,我已经是瞎子了,这辈子再也不会看见您的脸了。""佐助,你说的是真的吗?"春琴说了一句话之后就默默地陷入了长时间的沉思之中。佐助觉得这沉默的几分钟时间是他这辈子中最快乐的时刻。相传恶七兵卫景清①受到源赖朝②德才的感召,决定放弃复仇的念头,发誓不再见到这个人的样子,于是自剜双眼。虽然两者动机不同,但悲壮的意志却是一样的。可即使如此,春琴希望从佐助那里得到的是否就是这样一个结果呢?那天她流着眼泪的倾诉,意思就是说"既然我遇到这样的灾难,那么也希望你变成一个盲人"吗?这一点很难去揣度,但"佐助,你说的是真的吗?"这样短短一句话在佐助听来,是带着欢喜的战栗的。然后在相对无言的几分钟时间里,盲人特有的第六感开始在佐助的感官中萌芽,他心中除了感激之外别无他物。他终于可以体会到春琴内心的世界。他感到在此之前虽然有肉体的交涉,但仍被师徒之别隔离开来的两颗心第一次紧紧相拥,逐渐融为一体。少年时代躲在壁橱里的黑暗世界中练习三弦琴的记忆又在脑海中苏醒过来,但此时的心境已完全不

---

① 平安时代后期至镰仓时代初期的武将。
② 源赖朝(1147—1199),日本镰仓幕府首任征夷大将军,也是日本幕府制度的建立者。

同。大部分的盲人虽然看不见但仍有光感,所以他们的世界是微明的世界,并非是一片漆黑。佐助现在虽然失去了通向外界的双眼,但同时却打开了面向内在的双眼,他在心中感慨:"啊——这真的是师父所栖居的世界,我终于可以和师父住在同一个世界里了。"通过他逐渐衰退的视力,房间里的样子和春琴的身影都已经无法清楚地分辨,唯有缠着绷带的脸依稀在他的视网膜上投下微白的光晕。但对他来说那并不是绷带,在他的视界中浮现的是两个月之前师父那张白皙通透、美妙无缺的脸,在柔美的佛光环绕之下,犹如前来普度众生的菩萨一般。

"佐助,痛不痛?"春琴问道。"不,一点也不痛。和师父您受的大难相比,这点小事算得了什么?那晚歹人潜入卧室行凶,我却浑然不觉,无论怎么说我都难辞其咎。师父让我每夜睡在卧房套间内陪侍,为的就是防止这种事情发生,可我却玩忽职守害得师父受此大难,自己怎能苟且无事?我早晚向神明叩拜祈愿,愿上天降灾于我,罚我之过,否则此生难安。心诚则灵,今早起来,我的双眼就失明了,想必是上天垂怜,才让我得遂心愿。师父,师父您受难过后的样子我根本无从得见,我现在看见的只有三十年来深深铭刻在眼底的那熟悉的面容。恳请师父还像往常一样无所介怀,留我在身边伺候。突然失明,一时间自己的起居还不能自如应付,伺候师父可能也不如从前那么利索,但至少日常起居的照顾我不想借他人之手。"佐助说完用失明的双目向春琴的脸所在的、微白的佛光照射过来的方向望去。"佐助有心了,我感到很欣慰,我不知道到底是得罪了什么人才会遭此劫难,但坦白地说,我现在的样子宁愿被别的人看到,却唯独不愿被你看到。真是什么事都瞒不住你。""多谢师父,听到师父您这么说,我内心的喜悦不是区区两只眼睛可以换来的。我不知道那个企图让师父和我终日悲叹、一生痛苦的歹人到底是什么地方的什么人,但如果他的目的是毁掉师父的脸来折磨我的话,我不看就是了。只要我也变成盲人,那师父所受的灾难就等于没有发生过,处心积虑的恶行终将化为泡影,这恐怕是那恶人万万没有想到的吧。我不但没有陷于不幸,相反我得到的是无上的幸福。算是给了那卑鄙小人背后一击,打得他措手不及,想想就觉得痛快!""佐助,什么都别说了。"师徒二人相拥而泣。

对于因祸得福的两个人之后的生活情况最为了解且健在人世的只有鸬泽照一人。阿照今年七十一岁,她作为贴身弟子住进春琴家里是明治七年,她十二岁的时候。阿照一边跟着佐助学习丝竹之道,一边照顾两个盲人,也算不上是导盲,相当于在两人之间起一种联络员的作用。因为一个人突然致盲,另一个虽然自幼失明,却是饭来张口衣来伸手,过惯了奢侈生活的女人,所以无论如何需要一个第三者的介入。他们就想雇一个可以推心置腹的女孩儿,最后他们选中了阿照。她做事周全,为人实诚,深得二人的信任,所以就一直留在了二人身边,春琴死后她依然在佐助身边服侍,直到明治二十三年佐助获得检校之位。阿照在明治七年来到春琴家的时候,春琴已经四十六岁,那场灾难已经过去九年,算得上是上了相当年纪的老妇人了。阿照被告知因为某些原因,女主人的脸不会示人,也不许去看。她见到春琴的时候,她穿着花纹纺绸的披风,坐在厚厚的褥垫上,用蓝灰色的绉绸头巾把脸脖围起来,只能看见一小部分鼻子,头巾的一端一直垂到眼睑之上,脸颊和嘴也藏在头巾下。佐助刺瞎双眼的时候是四十一岁,初老年纪失明,可以想象是多么的不便,可即使如此,他对春琴依然无微不至地照顾体恤,不让她感到丝毫的不便,他忠实勤恳的奉献连旁人看了都觉得心疼。而春琴也不满意旁人的伺候,她说:"我近身的事务,一般的明眼人也照顾不了,长年来的习惯只有佐助最清楚。"所以不管是穿衣如厕还是入浴按摩,她始终都烦劳佐助。这样的话,阿照的工作与其说是照顾春琴,不如说主要是解决佐助身边的事情,她极少有机会直接接触到春琴的身体。唯有做饭这件事没有她不行,除此之外就是帮忙递送所需物品之类的,间接地帮助佐助来伺候春琴。比如说入浴的时候,阿照会跟着两人到浴室门口,然后就退下了,等到听到拍手的声音前去接应的时候,春琴已经洗完澡,穿上了浴衣,戴上了头巾。入浴期间的事都由佐助一个人完成。盲人给盲人洗澡,那是怎样的一幅景象呢?也许就像春琴曾经用指头抚摸老梅的树干那样,但其麻烦程度是毋庸赘言的。任何事情都要这样应付,其烦琐和艰辛让旁人都看不下去。"居然这样也能生活得下去。"旁观者常常会这样想,可是他们本人却好像十分享受这种不便的生活,不言不语之中传递着细腻的情感。失去视觉的相爱的男女,他们是多么深切地享受着触觉的世界,这到底是我们常人无法想象的。那么,佐助牺牲自我地奉献,春琴也甘之若饴地接受,两人相濡以沫不知疲倦,这也就不足为奇了。而且,佐助在服侍春琴之余,还用闲暇的时间教授很多弟子。那时,春琴已退居幕后不再抛头露面,她授予佐助"琴台"的名号,门中弟子的教授和训练全部交由佐助接管,"音曲指南"的牌匾上也在"鹦屋春琴"的旁边添上了"温井琴台"几个小字。佐助的忠义温良博得了周遭的同情和好感,比起春琴时代,门中反而更加昌盛了。只是有些滑稽的是,佐助在教授弟子的时候,春琴一个人在内室中聆听树莺的鸣叫,这时如果有什么事必须要佐助帮忙的话,哪怕是练习过程当中,她也会"佐助佐助"地呼唤,这时佐助无论如何都会暂停手里的工作赶到里屋去。因为这样,佐助从不外出授课,只招收到家里来学习的弟子,担心春琴旁边没有人照应。

在这里必须要提到的是,那个时候道修町的春琴娘家的生意日渐衰落,每月的补贴也经常中断,如果不是这样,佐助也不会心甘情愿地教授琴曲了,忙中偷闲也要飞到春琴身旁去看看,这只单翼的鸟儿在教弟子练琴的时候,大概总是牵挂和不安的,而春琴也一定有着同样的烦恼吧。

接下师父的工作,用微薄的力量支撑起一家生计的佐助为什么还是没有正式和春琴结婚呢?难道春琴的自尊心到现在还是不能接受佐助吗?阿照听佐助自己所说,春琴虽然比以前软化了很多,但佐助不愿看到那样的春琴,他无法想象春琴作为一个可悲可怜的女人而存在,毕竟失明的佐助已经对现实世界关上大门,进入了一种永劫不变的观念世界,他的视野中只存在过去的记忆中的世界,他觉得春琴如果因为一场灾难而改变了性格,那么她就不再是那个春琴了。他心里始终只有过去那个傲慢的春琴,否则他现在看到的依旧美貌的春琴也会遭到破坏。由此看来,他们没有结婚的原因与其说在春琴,不如说在佐助。佐助是把现实中的春琴当作唤起观念中的春琴的媒介,所以他尽量避免形成平等的关系,而是严格遵守主仆间的礼数,不但如此,他甚至比以前更加卑躬屈膝,尽忠职守,努力让春琴忘却不幸,重拾自信,他依然像从前那样甘受清苦,如下人一般粗衣粗食,将所有的收入都用在了春琴身上,他减少家中仆人数量,在各个方面厉行节约,为的是没有遗漏地在所有方面让春琴得到安慰,因此失明以后的佐助比起以前更辛苦了不知多少倍。据阿照所说,当时的弟子们见佐助穿着过于寒碜,于心不忍,暗示他稍微修修边幅,可他根本听不进去,而且他直到现在还禁止弟子们称他"师父",而让他们叫他"佐助",这让大家十分为难,于是只好尽量避免称呼他。而阿照因为职责需要不可能和弟子们一样,于是她只好称春琴为"师父",而佐助就称为"佐助"。也是因为这样的关系,春琴死后佐助把阿照当作唯一可以说话的人,不时沉浸在对春琴的回忆中。他晚年有了检校身份,可以名正言顺地被称为"师父""琴台先生",可他依然喜欢阿照称他"佐助",不让她使用敬称。佐助曾经对阿照说过:"也许人人都觉得眼睛瞎了是非常不幸的,但我眼盲之后一次也没有体验过不幸之类的情感,相反,我觉得这个世界好像变成了极乐净土一般。我的心境就好像只有我和师父两个人住在莲台上一样。眼睛失明以后,我看到了很多以前看不到的东西。师父的容颜有一种沁人心脾的美,这也是眼盲之后才感受到的。师父手足的柔软细腻,皮肤的光滑润泽,声音的清澈柔美都比以前感受得更加深刻,未盲之时何以没有如此透彻的感受呢?这实在太不可思议了。特别是师父的三弦妙音,失明之后才真正领悟到其中真髓,平常我虽口中赞叹师父乃是音曲琴艺的天才,可直到失明之后才真正明白其过人之处,和自己的三脚猫功夫相比,相差太过悬殊。我到现在才明白这一点实在令人扼腕,自己简直太愚蠢了。所以即使现在老天爷给我双眼复明的机会我也会拒绝的。师父和我都因为失明而体味到了常人无法体味的幸福。"佐助的叙述完全是他自己的主观感受,在多大程度上具有客观真实性不得而知,但别的不说,春琴的技艺以遭难为契机精进了不少,这或许是可以肯定的。无论春琴在音曲方面具有多么得天独厚的才能,没有经历过人生的酸甜苦辣,怎能领悟艺术的真谛?她从小娇生惯养,处世孤傲不逊,苛求于他人而不知劳苦屈辱为何物,然而上天终于给予她一场惨烈的考验,让她徘徊生死关头,将她的傲慢击得粉碎。如此看来,将她的容貌毁于一旦的那场灾祸在很多意义上来说成了她的一剂良药,无论是在爱情上还是在艺术上,都让她进入了一种以前做梦也没想过的忘我的境地。阿照以前常听春琴为了消遣无聊时光而独自拨琴弄弦,还常目睹佐助在一旁垂着头,如痴如醉地倾听她弹奏的情景。此外,据说很多弟子听到内室中传来的精妙的琴音,都惊讶地低声议论:"那把三弦琴上会不会有什么特殊的机关啊?"这个时期的春琴不但弹奏技巧有了长足进步,在作曲方面也下了很大的功夫,夜里总能听见她悄悄用手指拨动琴弦,试音作曲的声音。阿照还记得的有《春莺啭》和《六枝花》,前些天请她为我演奏了这两首曲子,很具独创性,足以窥见她作为作曲家的天分。

春琴从明治十九年(一八八六年)六月上旬开始生了一场病,生病的前几天,她和佐助两个人一起来到中庭,打开鸟笼,放飞她喜爱的云雀。阿照看见他们师徒二人手牵着手,仰面向着天空,聆听着云雀的歌声。云雀一边不停地鸣叫,一边高高地直上云霄而去,可是过了很久也不见叫声回落,因为时间太长,两个人都十分焦急,尽管等了一个钟头以上,最后那云雀还是没有飞回鸟笼。春琴从这个时候开始就怏怏不乐,不久就患上了脚气病,入秋以后情况急剧恶化,于十月十四日因心肌梗死与世长辞了。除了云雀之外,当时还养着第三代"天鼓",这只鸟在春琴死后还存活了一段时间,佐助很长时间内都难以忘却悲伤,每当听到"天鼓"的叫声就会泪流满面,一有空闲就在佛前焚香祭拜,弹奏《春莺啭》,有时用筝有时用琴,以慰藉寂寞与思念。这首曲子以"绵蛮黄鸟,止于丘隅"①一句开始,应该算是春琴的代表作,其中倾注了春琴大量的心血,词虽短,但其中插入了极为复杂的间奏。春琴是在聆听"天鼓"的鸣叫时获得的灵感。这间奏的旋律把人带进各种迷人

---

① 出自《诗经》中的《小雅·鱼藻之什·绵蛮》。绵蛮,小鸟鸣叫的样子。

的风景之中,有"待春谷中莺,寒中冻泪今将融"①所唱的深山残雪始消融时的潺潺水响,有松籁轻吟,有东风拂面,有山野云霞,有梅香宜人,有繁花似锦,无不让人身临其境,心旷神怡,旋律中生动传神地表现出或翻山越谷,或萦绕枝头的鸟儿们飞舞鸣唱的喜悦心情。春琴生前每次弹奏这首曲子,"天鼓"也会高兴地卖弄嗓子,和琴弦之音一较高下。"天鼓"听到此曲一定是想起了自己出生的溪谷,向往着重回广阔天地、沐浴无尽阳光吧,可是佐助弹奏这首《春莺啭》的时候,他心驰神往的又是何处呢?他习惯了以触觉世界为媒介去注视观念中的春琴,如今春琴已不可触及,他会不会通过听觉来弥补这个缺陷呢?一般人只要没有失去记忆都可以在梦中重逢故人,而像佐助这样的人,在对方在世时都只在梦中见到她,也许对于佐助来说,两个人到底是什么时候永别的也是模糊不清的吧。顺便提到的是,春琴和佐助除了前文中提到的那个孩子之外,还生育了两男一女,

---

① 《古今和歌集》中一首和歌,题为《二条后初春御歌》,作者为二条后藤原高子。

女儿在分娩后就夭折了,两个儿子也都在很小的时候抱养给了河内①的农户。春琴死后,佐助也似乎对于两人的骨肉没有什么留恋,并没有要回儿子的意思,而两个孩子也不愿回到盲人生父的身边。就这样,佐助到了晚年既没有子嗣也没有妻妾,在弟子们的看护下,于明治四十年十月十四日,光誉春琴惠照禅定尼的忌辰之日辞世,享年八十三岁。在我看来,在这长达二十一年的鳏居生活中,佐助一定在脑海中创造出了一个和在世时完全不同的春琴,并且更加鲜明地看到了她的姿容。据说天龙寺的峨山和尚听说了佐助自废双眼的事迹之后,十分赞赏他悟得了在转瞬间斩断内在与外在的通路,变丑为美的禅机,乃是高人所为,不知道这能否得到诸位看官的首肯呢?

---

① 大阪府东部的河内地区。

阴翳礼赞

如今,爱好建筑装修的人们如果要建一幢纯日本风格的房子居住的话,一定会在水电煤气的安装和施工上煞费苦心,想尽办法让这些设施和日式建筑保持和谐,这一点就算自己没有建过房子,只要进到酒馆、旅社等地方一看也会立刻注意得到。若是独善其身的风流雅士,将科学文明的恩泽置之度外,择一处远离尘嚣的僻静之所结草庵而居,那是另一回事,但如果携家带眷居住在城市里,再怎么钟爱传统日本风格,也不可能完全排斥现代生活所必需的取暖、照明、卫生等设备。过于敏感的人,就是装一部电话也会绞尽脑汁,尽量安装在楼梯背面或是走廊的一角等不碍眼的地方。此外，院子里的电线从地下铺设，房间里的开关藏在壁橱里或壁龛下，电源线用屏风来遮挡等，每个细节都要思虑周全，所以有的时候因为过于神经质，反而给人繁缛之感。其实就电灯来说，我们的眼睛已经适应了它的存在，所以与其不上不下地把它藏起来，不如给它加上一个本地的乳白色玻璃浅灯罩，让灯泡暴露在视线中更为自然、朴素。傍晚，从火车的车窗眺望乡间的风景时，茅草铺顶的农家的门缝中，罩着如今已然过时的那种浅灯罩的灯泡子然亮着，甚至让人感受到一种风雅。然而如果是电风扇这样的物件，不论是声响还是形态，都很难和传统日本建筑相调和。如果是普通家庭，不喜欢不用就是了，可如果是开门迎客的人家，光依着主人家的好恶行事是不可能的。偕乐园老板是我的朋友，他在装修方面十分讲究，因为讨厌电风扇，长期以来坚持不在客人的房间安装，可一到夏天客人们都纷纷抱怨，所以不得已也用上了电风扇。我本人也有类似的经历。前几年我投入一大笔与身份不相称的资金建了一栋房子，那时候我就发现，对于隔扇拉门、家具器皿这些细枝末节都一一计较的话，就会遇到各种各样的困难。就拿一扇拉门来说,按照我的喜好是不想装玻璃的,可是如果彻底只用纸糊的话,在采光和防盗等方面又有所不足。无奈之下,只有采取内侧贴纸,外侧镶玻璃的折中办法。这样一来就需要里外两层格棂,费用自然贵了不少,这还不算,这样的拉门从外面看只不过是一般的镶玻璃门,而从里面看又因为纸的后面有玻璃,还是少了那种真正的纸糊拉门所特有的柔和,有些不伦不类,早知如此,还不如干脆弄成一般的镶玻璃门。到了这个时候终于开始后悔,若是别人的事情或许可以嗤之以鼻,但到了自己身上却也不是那么容易当个聪明人,不撞南墙很难回头。为了配合传统日本风格,近来市面上出现了各种古色古香的灯具,有方形纸罩座灯式的,有灯笼式的,有吊灯式的,有烛台式的等,这些都不能令我满意,我从旧货商店搜罗了一些从前的煤油灯呀,方形纸罩夜灯等物件,再在里面装上电灯泡来使用。特别让我头疼的是供暖的设计。因为现在市面上的西式暖炉没有一种具有和日式房间相协调的外形,而且煤气炉烧起来轰轰作响,不装个烟囱什么的立刻就会头痛,在这一点上电炉倒是比较理想,但外形上仍然不招人待见。在壁龛下的小壁橱里装一个电车上的那种取暖器也是一个办法,但看不见红红的火焰总觉得少了些冬天的氛围,一家人团聚在一起的时候也不方便。我绞尽脑汁总算想出一个万全之策,建一个农村人家里那种方形敞口火炉,在里面烧上电木炭,这样无论是烧水还是暖屋都很合适,除了费用贵一些之外,至少在外形上是成功的。这样供暖设备总算是解决了,接下来让我为难的是浴室和厕所。偕乐园的老板不喜欢在浴槽和冲洗处贴瓷砖,所以客人用的澡堂都用纯木材打造,但从经济和实用的角度来看,毫无疑问,贴瓷砖是更好的选择。只不过如果天花板、柱子、壁板这些地方用了上好的日式材料的话,只在地上贴上花哨刺目的瓷砖,整体看起来就很奇怪。刚建成的时候还好,随着年岁增长,壁板和柱子都渐渐渗透出木纹朴素苍然的味道,而瓷砖却闪着刺眼的白光,那就像是树上嫁接竹子一般格格不入。浴室的装修上,为了自己的品位而牺牲一些实用性也没有太大的问题,但厕所就更棘手了。

我每次去到京都奈良的寺院,跟随指引来到那些旧式的、昏暗且打扫得十分干净的茅厕时,都会由衷地感到日本建筑的难能可贵。茶室自然也很好,但日本的茅厕更是一个让人气定神闲的所在。它必定远离正房,隐蔽在葱郁的枝叶之后,那里可以闻见绿叶或苔藓的芬芳,人们需要穿过一道走廊去到那里,纸拉门透着柔和的微光,蹲在这样一个昏暗的空间里肆意冥想,或是眺望窗外的风景,那种感受简直妙不可言。漱石先生把每天早晨上茅房当作一大乐趣,有人说那更多是享受一种生理上的快感,但我认为就算是享受那种快感,也没有比置身于幽静清丽的墙壁和木纹的包围之中,满眼可见碧空绿叶的日本茅厕更适合的地方了。除此之外还有几个必须的条件,恕我重复,那就是一定程度的昏暗光线、彻底的清洁和蚊子的嗡鸣都听不见的安静。我喜欢在那样的茅厕里聆听淅淅沥沥的雨声。特别是关东地区的茅厕,因为墙根上开着清扫垃圾用的细长的落地窗,所以可以更加真切地听见从屋檐或树叶上滴落的水滴轻轻敲打石灯笼的底座,润湿了踏脚石上的苔藓之后又慢慢渗入土壤时的幽寂的声响。茅厕的确是一个与鸟语虫鸣相映成趣,与银光月夜应时对景,适合体味四季不同的幽深情趣的绝佳之所。自古以来的文人墨客一定从中拾得无数的美文佳句。因此,要说日本建筑中最为风雅的所在乃是茅厕,也并无不妥。我们的祖先善于从一切事物之中感受诗情画意,他们反其道而行,将住宅之中最为不洁的场所变为雅致的所在,将它与花鸟风月结合起来,让人沉浸在美妙的联想之中。与此相反,西方人把茅厕当成彻头彻尾的污秽之所,甚至忌讳在公众面前说出口,相比之下,我们才是真正懂得风雅的真髓,要高明得多了。如果一定要说缺点的话,那就是因为远离正房,半夜如厕很是不便,特别是冬天容易感冒,但正如斋藤绿雨①所说的那样,"风流乃寒凉之物",那样的地方须和室外一样冰冷才会心情舒畅。在酒店里上西式厕所时,暖气袭人,甚是讨厌。然而,喜欢传统茶室风格建筑的人大都觉得传统日本式厕所是最为理想的,但却有很多困难,如果是像寺院那样家大人少且不缺人打扫的地方倒好,如果是一般的

---

① 斋藤绿雨(1868—1904),日本明治时期小说家、评论家。

家庭,要像那样始终保持清洁是非常困难的。特别是地上铺的是木板或榻榻米的话,就算时刻注意如厕礼节,经常擦拭地板,污渍也很显眼。最终厕所里也只有贴上瓷砖,装上水箱马桶等净化设备,这样既卫生又省事,只是作为代价,就不得不和"风雅"和"花鸟风月"无缘了。茅厕里亮堂堂的,四周只有雪白的墙壁,在这样的地方恐怕很难有心情尽情享受漱石先生的所谓生理快感吧。诚然,每一个角落都光亮洁白,的确是清洁卫生,但也不至于自己身体里出来的东西掉落的地方也弄得那么清楚明白吧。就好像不管多么冰肌玉骨的美人,把屁股或脚丫子凑到人面前也是失礼的一样,像那样肆无忌惮地暴露在光亮之下,实在低俗不堪,同时可见部分的洁净也会引发对不可见部分的联想,那种地方还是笼罩在朦胧昏暗的光线中,难辨清洁与污秽的界线为好。所以我在修建自家房子的时候,虽然也安装了净化装置,但还是坚持不用瓷砖,通过铺设楠木地板来营造出传统日本风格,但令我头疼的是便盆。您知道,冲水式的便盆全都用雪白的瓷器制作,还附带锃亮锃亮的金属把手。要依我的话,便盆这东西无论是男用的还是女用的，都是木制的最好。打蜡的当然最好不过了，就算是纯木质的也不错，随着时间的推移它会适当地发黑，木纹显得更有韵味，有一种舒缓神经的神奇作用。我特别中意那种填上了青翠的杉树叶子的漏斗形木制小便器，不但赏心悦目，而且不会发出一点声响，这一点十分理想。我虽然不敢有如此的奢求，但至少希望制作一个符合自己品位的器物，然后再把冲水设备运用在上面，只可惜要特别定制这样一件东西的话费力又昂贵，只得忍痛割爱。那个时候我就想，无论是照明、供暖还是如厕，我虽然不反对引入那些文明的利器，可为什么不能更多地重视我们的习惯和审美情趣，按照我们自己的标准对这些东西加以改良呢？

如今方形纸罩座灯样式的灯具开始流行起来了，这正是我们重拾一度被忘却的"纸"的柔和与温暖的结果，是人们开始承认纸比玻璃更适合日式房屋的证据，但厕所洁具和供暖设备市场上，还没有出现在形态上非常协调的产品。供暖设备我认为就像我所尝试的那样，在方形敞口炉中引入电木炭是最好的选择,但哪怕是这么一点小小的工夫也几乎没有人愿意去花。(那种羸弱的电火盆倒是有人用,但那只能当一般的火盆用,起不了房屋供暖的作用。)要用现成的,就只有那种外形难看的西式暖炉了。但话说回来,像这样花工夫讲究衣食住行的这些细枝末节的喜好品位的确奢侈。有的人只要可以御寒防暑,充饥果腹就够了,哪有闲情逸致在意什么样式?的确,再怎么附庸风雅的人,天冷起来也只能是顾得了暖和,顾不得风格了,只要眼前放着现成方便的器具,人们便没有工夫再去考虑什么风雅不风雅,开始滔滔不绝地接受它的恩泽,这已经是不可逆转的时代潮流,但每当我看到这些现象的时候,我就不得不去思考一个问题,那就是,如果在东方也走出一条独立的科学文明的发展路径,那我们的社会会不会呈现出一种和今天完全不同的样态呢?比如说,如果我们拥有自己的物理学和化学,那么基于它的技术和工业也将实现不一样的发展,各种日用商品、机械、药品、工艺品,会不会更加契合我们的国民性呢?不,恐怕,物理学和化学原理本身也会得出和西方人不同的见解,光啊,电啊,原子等的本质和性能恐怕也会和今天我们学习的东西呈现出不一样的姿态吧。我对于这些学理性的东西不甚了解，所以只是似是而非、天马行空地肆意想象罢了，但如果实用方面的发明走的是我们自己独创的道路，那么我们很容易推测，它不光对衣食住行，甚至对我们的宗教、艺术、实业等的形态也会产生广泛的影响，从而开辟出东方独有的一片乾坤来。举个浅显的例子来说，我就曾经在《文艺春秋》上发表过比较钢笔和毛笔的文章。假如钢笔由以前的日本人或中国人发明，那么它的笔尖部分一定不会是金属，而会用毛发制成，墨水也不会是蓝色，而是一种接近墨汁的液体，液体会从笔杆中向毛笔尖的方向慢慢渗出。这样一来，我们的纸如果做成西洋纸的样子就很不方便，所以就算是大量生产，对纸张的要求也不一样，必须是接近于和纸的纸质，像改良日本白纸那样的东西。如果纸张、墨汁、毛笔得到发展，那么钢笔和墨水就不会像今天这样流行，相应地推崇罗马字的论调也不会像今天一样有市场，人们对汉字和假名文字的喜爱也会更加普遍和强烈。不，不仅如此，也许我们的思想和文学也不会像现在这样一味模仿西方,而是开辟出我们自己的一片新天地。这样想来,文具虽然微不足道,但它产生的影响却大得无边无际。

这些不着边际的思索不过是小说家的空想,社会发展到今天,每个人都清楚我们不可能回到过去重新来过。所以我所说的不过是些不切实际的牢骚罢了。但牢骚归牢骚,我们还是不妨来思考一下,和西方人相比我们遭受了多么大的损失。简单地说,西方文明发展到今天走的是一条自然合理的道路,而我们是在遭遇优秀文明之后不得已才将其吸收进来的,其结果是我们的文明发展方向偏离了过去数千年来的发展轨迹,因此才导致了各种不适和毛病的产生。诚然,如果我们没有受到西方的打扰,那么很可能今天相比五百年前在物质上并没有什么大的发展。实际上到中国或印度的乡下去看一看的话,就会发现人们可能还过着和释迦牟尼或孔子时代相差无几的生活。但至少我们前进的方向是适合我们的秉性的,然后虽然缓慢,但难保我们不会一点一点地进步,总有一天我们也会发现可以代替今天的电车、飞机、收音机的文明利器,它们不是假借他人之物,而真正适合我们自己。举个简单的例子,如果你看电影,你会发现美国电影和法国、德国的电影在阴影和色调的运用处理上就有所不同。且不说演技和剧本等,光是画面的表现上就总有地方体现出国民性差异。这还是使用相同的机器、药物和胶片的情况下都是如此,就更不用说我们掌握了自己独有的摄影技术了。那样的话,电影的画面将会多么适合我们的皮肤、容貌以及气候风土啊。唱机或收音机也是一样,如果是我们自己的发明,那么一定会更加发挥出我们的声音及音乐的长处。本来我们的音乐是十分内敛且情绪为本的,把它录制成唱片或是用扩音器把它放大,那它的魅力就已经失去大半了。说话方式上,我们轻言细语话不多,尤其重视说话间的停顿,但一旦诉诸机器,这种停顿就完全被扼杀了。所以当我们去迎合机械的时候,反而扭曲了我们的艺术本身。而对西方人来说,因为本来就是他们自己创造发展起来的机械,当然是适合他们的艺术的。在这一点上,可以说我们实在是牺牲了很多东西。

我听说纸是中国人的发明,当我们面对西洋纸的时候,除了觉得这是一种实用品之外并没有别的感觉,但当我们看到宣纸和日本纸的纹理时,会有一种温暖的感觉,会觉得心情平静。都是白色纸张,但西洋纸的白和奉书纸或白宣纸的白并不相同。西洋纸的表面有一种将光线反弹回去的意趣,而奉书纸或宣纸则像初雪的表面一般,轻柔地把光线吸入其中。这样的纸摸上去手感柔韧,折叠时也不会发出刺耳的声响,就像触摸一片树叶一样,静静的,润润的。本来,我们的眼睛就不喜欢锃亮刺眼的东西,那会让我们心神不宁。西方人在餐具上也使用银、钢铁、镍等金属,还把它们打磨得锃亮锃亮的,我们并不喜欢那样光亮的东西。我们也会使用银制的水壶、杯子、酒壶等等,但不会打磨抛光,相反,我们更喜欢表面光华褪尽,被时间炙烤得暗沉发黑,带上了厚重历史感的物件。不解风流的家仆女佣们,把好不容易锈出些感觉的银器擦得闪闪发亮,被主人家一顿臭骂的情节在很多家庭都曾上演过。近来，中国料理一般使用锡制的餐具，这恐怕也是因为中国人喜爱它们会逐渐带上古色的原因吧。锡制的东西新的时候和铝差不多，感觉并不很好，但中国人在使用的时候必定会施以人力，使它具有历史感和雅致的趣味。而刻在上面的诗文也会随着器具表面的发黑显得愈发协调应景起来。总之经了中国人的手之后，单薄轻佻的锡器就会带上朱泥一般的深沉和厚重。中国人还喜爱玉石，这种石头有着轻微而奇妙的混浊，仿佛将几百年的古老空气都凝结一处，从最深处透出一种朦胧晦涩的幽光，能从这样的石头中感受到魅力的恐怕只有我们东方人吧。它既没有红宝石或绿宝石那样的色彩，也没有钻石那样的光辉，中国人到底喜欢它什么地方，我们也说不清道不明，但当我们看到它混浊的质地时，就会觉得这种石头就应该是中国的石头，仿佛历史悠久的中国文明都沉积在那厚重的混浊之中，我们会觉得中国人喜爱那种色泽和质地不无道理。水晶这类东西也是一样，最近很多水晶都是从智利进口而来的，和日本的水晶相比，智利的水晶太过于晶莹剔透。日本自古以来有一种甲州①产的水晶,透明之中像是整体笼罩着一层薄雾,感觉更为厚重,还有一种叫作"含草水晶"的,因为在晶体深处混入了一些不透明的固形物,我们反而更加喜爱。哪怕是玻璃也反映出东方的特点,经过中国人之手的"乾隆杯",难道不是更接近于玉石或玛瑙吗?其实东方也早已掌握了玻璃的制造技术,但玻璃业却没有像西方那样兴旺发达,而陶瓷产业却十分繁荣,这无疑与我们的国民性有很大的关系。不能一概而论地认为所有闪亮的东西我们都不喜欢,但比起浅薄的敞亮鲜明,我们更喜好带有深沉的阴翳的东西。不管是天然的矿石还是人工的器具,都必须要有让人联想到"年代的光泽"的,带着混浊的微光。说好听了叫"年代的光泽",说白了其实就是手汗沾润的油光。人的手在长期触摸一个地方的同时,物体表面变得光滑,手上油脂浸润其中,自然泛起油光,中国有个词叫

---

① 甲斐国,日本古代的令制国之一,属东海道,又称甲州,位于今日的山梨县。

"手泽",日本也有个词叫"なれ",指的都是这种光泽。所以换句话说不过就是油泥污垢罢了。这样说来,"风流乃寒凉之物"的同时,"风流乃污秽之物"的警句也是成立的。总之,不可否认我们所崇尚的"雅致"里面,的确包含了几分不洁、不卫生的因素。西方人从根本上将污垢暴露出来并设法彻底清除之,而东方人则将它们保存下来并加以美化。就算这是不服输者的强词夺理也罢,事实上,我们就是钟爱那些沾润了人体的污垢、油烟或风雨的污痕的东西,甚至是让我们联想到这些东西的色调和光泽,以这样的建筑和器物为伴,我们的心境就会平和,神经就会安定。所以我经常想,医院墙壁的颜色呀手术服呀医疗器械什么的,只要是以日本人为对象,就不要一味使用那些亮白刺眼的东西,多一些暗沉与柔和不是更好吗?如果墙壁是沙壁,患者躺在日式房间的榻榻米上接受治疗的话,紧张情绪一定会得到缓解。我们之所以讨厌看牙医,一个是由于铮铮刺耳的声响,一个就是因为玻璃或金属器具那样闪亮炫目的东西太多,让人心生畏惧。我本人在神经衰弱严重的时候，一听说看的是拥有最新式设备的留美归国牙医，反而感到一阵毛骨悚然。我更愿意去的是乡下小城市里那些把手术室建在日式房屋里的，仿佛跟不上时代潮流的诊所。使用古旧的医疗器械固然有许多不便之处，但如果近代医疗技术是在日本发展起来的，那么服务病人的设备和器械就会设计得和日式住宅相协调吧。这也是我们因为借用别人的东西而遭受损失的一个例子。

京都有一家叫作"草鞋屋"的饭馆很有名，这家店直到近几年都还没有在客用的房间里使用电灯，一直以使用古色古香的烛台而闻名，今年春天我再次造访，却发现不知从什么时候开始店里已经换上了纸罩方形座灯式的电灯了。我问什么时候开始换成电灯的，回答说：从去年开始就换成这种电灯了，因为很多客人都反映蜡烛的光亮太暗了，不得已才换成了电灯，对于那些更倾向于古朴格调的客人，我们会为他们换上烛台。我正是冲着店里古朴的格调来的，所以让他们换上了烛台，这个时候我特别深刻地感受到，日本漆器的美只有被置于这种朦胧的微光之中时才能得到最大限度的发挥。"草鞋屋"的店堂是一个四张半榻榻米①大的小巧雅致的房间,壁龛的柱子和天花板都泛着黝黑的光亮,所以即便是用上方形纸罩的电灯也仍然不觉明亮。可是当你换上更加昏暗的烛光,在火焰摇曳的光影中凝视那些碗筷餐具的时候,你会发现,这些漆器所带有的如泥沼一般深沉和厚重的光泽会呈现出和平常完全不同的魅力。然后你就会明白,我们的祖先从大自然中发现漆这种涂料,并对涂漆器物的色泽钟爱有加,这些都决非偶然。据我的朋友沙巴尔瓦尔君所说,直到今天印度人也不屑于将陶器用于餐具,而崇尚使用漆器。我们正好相反,只要不是茶道或仪式之类的场合,除了托盘和汤碗之外几乎全部使用陶器,而漆器则被当成老土、庸俗的东西,其中一个很大的原因大概就是采光和照明设备所带来的"明亮"吧。事实上,如果排除"黑暗"这一条件的话,可以说漆器的美是难以想象的。今天虽然

---

① 日本用榻榻米的数量来计算房间面积,一张榻榻米约一点六二平方米。

也有了白漆,但传统的漆器都是黑色、茶色或红色,这就好像是重重"黑暗"堆积而成,是笼罩周围的黑暗中所必然产生出来的一样。当你看到经过艳丽的描金①或是经过打蜡抛光的匣子、文几、架子等漆器的时候,立刻会觉得花哨刺目、浮躁不安甚至是恶俗,但是你把这些器物周围的空白都用黑暗填充,用油灯或蜡烛的光亮取代太阳光或灯光看看,那些花哨刺目的东西瞬间就会变得底蕴深沉、质朴浑厚了。可以想见,旧时的工艺家们在这些器具上涂漆或描金时,他们的头脑中一定有一间黑屋子,用来寻求器具在微弱的光线中呈现的效果,在大量使用金色的时候也会考虑到它在黑暗衬托下的呈现,以及对灯火的反射情况等。总之,描金画这种东西,并不适合在明亮的地方突兀地呈现它的整体,而是在光线黯淡的地方通过它飘忽不定又含蓄内敛的反射来欣赏它的各个局部,虽然华美绚烂的纹样大都隐藏在黑暗中,但却催生出难以名状的奇妙余韵。而那些表面抛光的闪亮器具,一旦置于黯淡的光线之中,它们会映出

---

① 就是描金画,也叫泥金画漆,是漆器工艺的一种。

灯火的摇曳,告诉我们安静的房间里也不时有轻风拂过,不知不觉中将我们引入冥思。若是那阴郁的室内没有了漆器,那蜡烛和油灯所酝酿出的光怪的梦幻世界,那灯火的一次次摇曳所鼓动的夜的脉搏,将会失掉多少魅力啊。它们就像是榻榻米上静静流淌的几条小河,或是微波荡漾的一池春水,它们从各个角落捕捉一抹灯影,并将它细细地,轻轻地,忽闪忽闪地传达,编织出一道道的斜纹,仿佛夜晚本身被描上一层泥金。其实作为餐具陶器也并不坏,只是陶器少了几分漆器那样的阴翳和深沉。陶器拿在手里冰冷沉重,而且传热快,盛热烫食物时很不方便,还会发出刺耳的碰撞声,而漆器手感轻柔,也不会发出明显的声响。我最喜欢将漆器汤碗托于掌心时,手掌对汤汁的那种承重感和微温的热度。那种感觉就好像手里托着婴儿软乎乎的肉体。直到今天汤碗人们依然选择漆器,这决不是没有理由的,陶器没有那样的效果。首先,揭开盖子的时候,陶器中的汤汁的内容物和色泽就全部一览无余了。而使用漆器汤碗的话,从揭开盖子到把碗送到嘴边的过程中,当你望着颜色被深色的漆器映得浓重沉静的一汪汤水，悄无声息地凝滞在暗黑幽深的容器底部时，那一瞬间你会沉浸在一种奇妙的心境当中。你无法分辨那碗中暗黑幽深处藏着什么美味，但你可以用手掌感受汤汁在碗中柔曼地晃动，也能感知碗的内缘凝结着的一颗颗"汗珠"，和缓缓升腾的热气，然后通过那热气所携带的香味，在含入口中之前预感它的味道。那一瞬间的心情，是把汤汁盛在苍白的浅底盘中上桌的西式做法所不能比拟的。那其中有一种神秘的美，甚至可以说是一种禅趣。

当我把漆器汤碗置于面前，一边聆听它沁入耳道深处的，如远处虫鸣一般的音籁，一边想象将要享用的美味时，我总会觉得自己将被引入一个忘我的境界。精通茶道的雅士常常会因茶汤煮沸的声音联想到松籁，从而进入无我的禅境，这恐怕也是出于类似的一种心境吧。人们常说日本料理不是用来吃的，而是用来看的，在这种情况下，我觉得不只是用来看的，更是用来冥思的。而这种冥思正是黑暗中摇曳的烛光和漆器所合奏出的无声的音乐作用的结果。漱石先生曾在《草枕》中赞美过羊羹的颜色,现在想来那种颜色不也是引人冥思的颜色吗?如玉石一般半透明的朦胧的肌体,感觉好像它把日光吸收到内里深层,从而隐约释放出梦幻般的微光,那色调之深沉和复杂绝对是西洋糕点所不具备的。奶油什么的和它比起来显得多么浅薄和单调啊!而这种羊羹的色调,你把它盛在漆器的茶点盒里,让它沉入暗影之中刚好可以辨出它的色彩的样子,这个时候它就更加具有了使人冥思的魔力。人们将那凉凉的、滑滑的物质含入口中时,就好像整个室内的黑暗都凝聚成甘甜的一块,然后在舌尖慢慢融化的感觉,即便是味道平平的羊羹,在这种氛围中也会平添几分异样的深沉。也许在任何国家都会考虑到食物的色调与餐具、墙壁等环境的协调,但日本料理在这方面尤为敏感,在敞亮的地方用苍白的餐具进食的话,绝对会食欲减半。比如说我们每天早上都会喝的红酱汤,你只要看到它的颜色就很容易明白那是在过去昏暗的房子里诞生并发展起来的东西。我曾经有一次受邀参加一个茶会,在那里喝了一碗酱汤。平常喝起来平淡无奇的浓稠的红土色汤汁被盛放在黑色的漆器中,微弱的烛光下呈现出深沉的色泽,感觉格外醇厚美味。此外还有酱油等也在此理。京都一带食用刺身或制作泡菜、凉拌菜的时候使用味道浓郁的"大酱汁"酱油。这种泛着黏稠光泽的黑色酱汁是如此富有阴翳,如此与暗黑和谐一致。除此之外,白豆酱、豆腐、鱼糕、山药汁、白鱼刺身等等白色的食物也是一样,如果周围亮堂堂的,它的色彩也不显眼。就算是白米饭,也是盛在光洁的黑漆饭盒中,放在光线暗淡的地方,看起来才漂亮,也更加刺激人的食欲。刚煮熟的雪白的大米饭,在一下子揭开锅盖之后,一边冒着热腾腾的蒸汽一边被盛进黑色的漆器中,一粒粒闪耀着珍珠一般的光泽,看到这样的情景,每个日本人都会感受到米饭的难能可贵吧。这样想来就不难理解,我们的食物总是以阴翳为基调,与黑暗有着不可分割的关系。

对于建筑我虽然一窍不通,但我知道西方寺院的哥特式建筑,屋顶又高又尖直插云霄,而正是这种冲天的造型给人以美感。与此相反,在我们国家的伽蓝①中,建筑物上面首先铺上大片的瓦

---

① 伽蓝即寺院。

顶,然后将建筑的整体构造都纳入屋檐所营造出的宽阔而幽深的阴影当中。不光是寺院,宫殿或是庶民的住宅都一样,从外部看最显眼的是瓦片或茅草铺就的硕大的屋顶,和屋顶下笼罩着的浓浓的幽暗。有的时候虽是白昼,但屋檐以下幽暗萦绕,犹如洞穴,甚至看不见门户、墙壁和梁柱。无论是知恩院或本愿寺那样的宏伟建筑,还是穷乡僻壤的农户家都是一样。如果比较一下过去建筑的屋檐以上和屋檐以下两个部分,就会发现,至少眼睛看到的直观感觉是,屋顶的部分更加高大厚重,面积更广。我们在营造自己的居所的时候,就是像这样撑起一把叫作屋顶的大伞,在大地上投下一面日光的阴影,在这阴影之中构建我们的房舍。当然,并不是说西方的建筑就没有屋顶,但他们的屋顶与其说是为了遮蔽日光,不如说主要是为了抵御风霜雨露,他们尽量不要留下阴影,想方设法让内部暴露在更多的光亮之中,这一点只看外形也能明白。如果说日本的屋顶是伞,那么西方的不过是一顶帽子,而且是那种鸭舌帽,帽檐尽量做得短小,让房间更加接近日光的直射。按理说,日本房屋的屋檐之所以长,和日本的气候风土、建筑材料以及其他各方面的因素都是有关系的。比如我们不使用砖头、玻璃、水泥等材料,那么为了遮挡从侧面吹打过来的风雨,就有必要加大屋檐的纵深,无疑对日本人来说明亮的房间同样比昏暗的房间更加便利,但条件和环境所限,不得已变成了那样的与之相适应的形态。但是,美通常是起源于实际生活并在实际生活中得到提炼与升华,我们的祖先迫不得已居住在幽暗的房屋里,不知不觉中他们发现了阴翳之美,进而为了追求这种美而开始利用阴翳。事实上,日本房屋的美完全由阴翳的浓淡构建而成,除此之外别无他物。西方人看到日本的房屋时惊异于它的简单朴素,认为到处都是灰色的墙壁,没有任何的装饰。他们这么认为也是很自然的,因为他们并不了解阴翳的秘密。我们即使在不了解的情况下也会在太阳光线难移进入的房屋的外沿加装上套廊和木柱支撑的房檐,使人更加远离日光。而在室内,我们让来自庭院的反射光透过纸糊的拉门,变成朦胧的微光投射进来。我们房屋的美的要素正是这种间接的晦涩的光线。为了让这种羸弱的、寂寥的、虚幻的光线沉静地浸润到房屋的墙壁中,我们特意在室内使用浅色的沙墙。仓房、厨房、走廊等地方可能会加以打磨,但用于起居的房间基本上都是自然的沙墙,几乎不会反光。如果反光的话,那昏暗光线的纤弱韵味就消失了。我们所欣赏的始终是看上去已然微弱的外部光线在融入黄昏色的墙面后依然残留着的纤弱的光亮。在我们看来这墙面上的亮度或者说昏暗度胜过任何的装饰,百看而不厌。那么为了不让沙墙扰乱了那种明暗度,把它涂成单色而没有花纹的平面就是十分自然的了。每个房间沙墙的底色虽然有少许出入,但区别简直微乎其微。与其说是色彩的差异,不如说是浓淡的不同,或观者的心绪不一罢了,仅此而已。而且这种墙壁颜色的轻微不同又会导致每个房间的阴翳多多少少带上一些不同的色调。当然,我们的房间里也有壁龛这样具有装饰性的东西,我们在那里装饰上挂轴或插花,但与其说那里的画和花本身起着装饰的作用,不如说主要是为房间里的阴翳增添一些深味。我们在挂上一幅画的时候,最为看重的是这幅画和壁龛的墙壁是否搭配和谐。我们对挂轴装裱的重视程度不亚于书画本身的内容和巧拙,也是基于同样的道理。如果和壁龛的搭配不够协调的话,无论多么优秀的字画也会失去它作为一副挂轴的价值。相反,作为一个独立的作品并不具有很高价值的字画,可能把它挂在茶室的壁龛里一看,却发现它和那个房间的搭配十分协调,从而使得画和房间都呈现出更好的效果。那么那样的字画,也就是那些本身并没有什么特别价值的字画,到底它们的什么地方和房间达成了协调呢?那就是它的纸张、墨色、装裱材料所具有的古色韵味。它的古色与壁龛和房间的幽暗程度保持了一种适宜的平衡。当我们参拜京都、奈良的古寺名刹时,常常有幸瞻仰其镇寺之宝的挂轴字画等物,它们大都被珍藏在寺院深处的大书院的壁龛之中,那些壁龛通常在大白天也幽暗晦涩,难辨图案字迹,只不过一边听着向导的说明一边追寻着那即将消失殆尽的墨色,想象着这一定是一幅美妙绝伦的名画,然而那朦胧的古画与幽暗的壁龛的组合却十分协调融洽,图案的不鲜明一点也不是问题,反而会觉得这种程度的不鲜明恰到好处。也就是说这种情况下,古画只不过是一个吸收并呈现微弱光线的一个"面",起到的不过是和沙墙完全一样的作用。

我们选择挂轴时特别注重年代和古雅风趣,原因就在于此,如果选择新画,哪怕是水墨或淡彩画,稍有不慎就会破坏壁龛的阴翳。

如果把日式的房间比作一幅水墨画,那么纸拉门就是墨色最浅淡的部分,而壁龛则是最浓重的部分。每当我看到风雅而考究的日式房间的壁龛时,我都会感叹日本人是那么深刻地理解了阴翳的秘密,又是那么巧妙地区别运用着光和影。因为日式房间的美的营造并没有使用什么特别的装饰,只不过是用整洁的木材和整洁的墙壁划分出一个凹陷的空间,然后向其中引入光线,并让这些光线在空间的各个角落产生出朦胧的幽暗而已。尽管如此,我们望着横木之后、花瓶周围或是橱架下填满的阴影时,虽然我们知道那只不过是些平淡无奇的阴影,但却觉得仿佛那里的空气格外沉静凝重,一种永劫不变的恬静主宰着那幽暗的空间。我常想,西方人所说的"东方的神秘"大概指的就是这种幽暗所带来的令人毛骨悚然的安静吧。就算是我们自己,少年时代也曾有过这样的经历:

当我们注视那些阳光照不进来的茶室或书房的壁龛深处时，会感到一种莫名的恐惧和逼人的寒气。那么这种神秘的关键到底在什么地方呢？其实这就是阴翳的神奇之处，如果把每一角落的阴暗都驱逐出去的话，那壁龛就会瞬间回归一片空白。我们祖先的天才之处就在于，通过对虚无空间的任意遮蔽而营造出一个阴翳的世界，并赋予它任何壁画和装饰都无法企及的幽邃情趣。这看起来是十分简单的技巧，实则并不容易。比如壁龛旁边的窗户怎么开，横木的深度，地板框的高度，等等。不难发现，每一个地方都包含了眼睛看不见的独具匠心，尤其是书院的纸拉门透出的朦胧柔和的白光特别让我着迷，我常会站在那前面，忘却了时光的流逝。所谓书院，顾名思义是用来看书的地方，所以在那里开的窗户本来是为了方便看书的，但不知从什么时候开始它变成了为壁龛采光的设施，不过很多时候与其说是采光，不如说是用窗户纸将侧面照进来的外界光线进行过滤，使其适当地弱化。在室内逆光而望那日光映照下的纸窗，那颜色显得多么清冷和寂寞啊！庭院中的阳光穿过屋檐,越过走廊,终于到达窗户时,已经陷于垂死,失去了照亮物体的气力,只能让窗户纸的颜色显得更加苍白而已。我曾多次伫立在那窗户前,凝视那明亮但丝毫不觉耀眼的纸面。宏伟的寺庙建筑中,由于距离庭院很远,光线更加微弱,无论春夏秋冬,无论早晚阴晴,那昏暗的微白几乎没有任何变化。竖格子纸窗上每个格子所形成的阴影处就好像堆积了灰尘似的,让人错觉那阴影永远地渗入了纸里无法清除。这种时候,我总是吃惊于那梦幻般的微亮,不由得频频眨眼,感觉好像眼前有雾霭模糊了视力似的。那是因为那微微泛白的窗纸反射的光线不但不足以驱散壁龛中的黑暗,反而被黑暗弹射回来,营造出了一个难以区分明暗的迷蒙的世界。诸位在进入那样的房屋中时,是否也曾觉得那屋中弥漫的光线和普通的光线有所不同,带着一种难能可贵的深沉厚重呢?或者,当你身处房中你是否也曾感受到一种对于"悠久"的恐惧,担心自己就要忘却时光的流逝,出来时可能已是白发苍苍的老者?

诸位是否也曾进到过那种宏大的建筑物里那些藏在最深处的房间呢？那里外界的光线几乎不能到达，然而黑暗中，那些贴金的拉门或屏风却还是捕捉并反射着从很远很远的庭院里漏进来的几丝光亮，昏暗迷蒙中犹如梦幻一般。那种黄金对光线的反射，就好像是黄昏的地平线上，落日向周围的黑暗投射出的微弱的金光一般。我从没见过黄金呈现出如此沉痛之美，所以我从它前面通过的时候总会反复回首仔细斟酌，随着脚步从正面移动到侧面，金箔的表面舒缓而悠长地闪出一道金光。决不是那种轻浮而急促的闪耀，而是像巨人改变表情一样，缓缓地、深沉地划过。有时候，我发现刚刚还沉睡着的模糊晦涩的梨皮纹金箔，在我走到它的侧面时，却发出燃烧一般的光辉。如此昏暗的地方，它是如何能收集到这些光线的呢？真是不可思议。也正是在这个时候，我才第一次领悟了古人为佛像贴金，在贵人起居的房间四壁装饰黄金的真意。现代人住宅明亮，不知道黄金的这种美，但生活在阴暗房屋里的古人不光是被它美丽的色彩所吸引，同时还十分清楚它的实用价值。因为在光线不足的室内，黄金无疑还起到了反射照明的作用。也就是说古人使用金箔金粉来做装饰应该并非单纯只为奢侈,同时还利用它的反射来补充室内的光线。这样就更加不难理解人们为何如此珍视黄金了。银和其他金属都会很快失去光泽,而黄金则长时间熠熠生辉驱散室内的黑暗。我在前文中曾经说过,描金画这种东西本来就是为了供人在暗处观赏而制作的,现在看来并不只限于描金画,以前的纺织品也大量使用金银丝线,也应该是基于同样的理由。僧侣用的金兰①袈裟难道不是一个最好的例子吗?现如今城中很多寺庙大都将正殿向大众开放,因而殿内光照充足,在这样的地方金兰袈裟只会显得花哨刺眼,无论多么德高望重的高僧披在身上也很少能体会到它的可贵之处,而你如果列席那些有历史渊源的名寺举办的古式法事的话,你就会发现爬满皱纹的老僧的皮肤、佛前油灯的明灭,还有那金兰袈裟的质地,它们是多么协调地相互映衬,酝酿出一种庄严感。这和描金画的情形差不多,花哨的纹样大部分隐没在黑暗中,只有金银丝

---

① 金线织花锦缎。

线不时地射出几道金色的幽光。另外,这也许只是我个人的感受吧,没有比能剧①的服装更适合日本人的皮肤的了。众所周知,能剧服装绚烂夺目,多用金银丝线,着此服装登台者不像歌舞伎演员一样面部涂满白粉,日本人特有的微微泛红的褐色皮肤,和白中带黄的象牙色的素颜,在那些服装的映衬下比任何时候都更具魅力。我每次观赏能剧时都会暗自感叹。织入了金银丝线或是带有金银刺绣的内褂之类也很适合,深绿色或土黄色的素袍、水干②、狩衣③,纯白的小袖④或大口⑤也非常协调。偶尔有美少年演员着装上场时,他细腻的皮肤,生气勃勃带着水润光泽的脸颊,在服装的衬托下更显动人,仿佛包含了一种不同于女人

---

① 能,是日本独有的一种舞台艺术,为佩戴面具演出的一种古典歌舞剧,能在日本作为代表性的传统艺术,与歌舞伎一同在国际上享有高知名度。
② 平安时代后期至江户时代的男子和服的一种。
③ 狩衣在日本古代历史上最先是野外狩猎时所用的运动装。在平安时代为一般官家的便服,镰仓时代为祭奠中神官穿着的服装。
④ 小袖是日本传统服装的一种,是现代日本一般所穿和服的原型,因袖口较窄而得名。
⑤ 裤脚开口很大的一种和服裙裤。

肌肤的魅惑,这时你会明白,为什么以前的大名会沉溺于男宠的美色。歌舞伎的古装剧目和舞蹈剧目的服饰之华美,不在能剧之下。很多人认为在性感魅力上,歌舞伎远远超过了能剧,但如果两者都经常观看的话,应该会发现事实恰好相反。乍一看,歌舞伎的确更加性感美艳,这一点我没有异议,但以前就不说了,如今的舞台多用西式照明,那种鲜艳花哨的色彩稍有不慎就会流于恶俗,使人生厌。服饰如此,化妆就更是如此。歌舞伎化妆虽美,但那完全是人工修饰出来的,没有素颜肌肤那种不经修饰的真实感。而能剧的演员无论脸、脖子还是手,都不施粉黛,素面相对。也就是那娇艳的面容是演员本来的样子,丝毫没有欺人耳目之嫌。所以但凡是能剧的旦角小生,决没有因卸下妆容而导致观众扫兴的事情发生。我们唯一能感觉到的就是,和我们有着同样肤色的他们穿上乍一看并不合适的武士时代的服装时,他们的姿容被映衬得如此美艳动人。我曾观看过由金刚岩①扮演杨贵妃的能剧《皇帝》,他袖口掩映下

---

① 金刚岩(1886—1951),金刚流能乐大师。

的手之美，让我至今难忘。我一边欣赏他的手，一边不由得对照着搁在膝上的自己的手，然后我发现他的手之所以如此美丽，是因为从手腕到指尖部分手掌的微妙动作，运用了独特技巧的运指方式，还有像是从内部透出朦胧光亮似的色泽。这色泽从何而来让我感到惊讶。按理说那双手不过是一双普通日本人的手，和现在放在我膝盖上的手并没有什么不同。我反复比较了舞台上金刚氏的手和自己的手，可不管怎么比较都看不出他的手有什么特别之处。然而不可思议的是，同样的手放在舞台上显得美艳动人，放在自己的膝盖上就只是一双平庸的手而已。像这样的情况决不只是发生在金刚岩一个人身上。在能剧中，只有面部、颈部、手腕到指尖等很少一部分肌肤裸露在服装之外，而且像杨贵妃这样的角色是戴面具的，这时就连脸也是被遮住的，而就是这极少部分肌肤的色泽给人留下极其深刻的印象。金刚氏在这一点上表现尤为突出，但并不只限他一人，一般的能剧演员也是一样，他们的手只是普通日本人的手，穿着现代的服装时并无特别之处，但在能剧舞台上的时候却散发出让我们瞠目结舌的魅惑。需要再次强调的是,那决不只限于美少年或美男子的演员。比如说,日常生活中我们不大可能被普通男子的嘴唇所吸引,但在能剧舞台上,演员的嘴唇带着发黑的红润,比起涂抹了口红的女人的嘴唇更具一种黏稠的肉感。这也许是因为演员要演唱,嘴唇始终被唾液润湿的缘故,但应该不只这一个原因。此外,童角演员的脸颊上总是泛着红晕,那红色看起来格外鲜艳夺目。在我的经验中,演员身着绿色系底色的服装时这种情况最多,肤色白净的童角自然不用说,实际上肤色偏黑的童角反而有一种更具特色的红晕,别具韵味。这是为什么呢?如果皮肤白净,白色与红色的对照过于鲜明,因此对于能剧服装暗沉的色调来说,效果过于强烈了,而如果是肤色偏黑的孩子,红色在他暗褐色的脸颊上就不是那么显眼,服装和脸色就形成一种相互的映照。暗绿色和暗褐色,这两种中间色相互映照,黄色人种的皮肤在这里正是恰到好处,让人恍然大悟似的发现它的美。我不知道其他什么地方还有像这样通过颜色的调和营造出来的美,但我想,如果能剧也像歌舞伎一样使用现代的照明方式,那么它的美感将会被强烈的光线照得烟消云散了吧。所以能剧舞台还保留过去的昏暗光线是遵循自然规律,有它的道理的。建筑物也是越古旧越好。地板带有自然的光泽,柱子和舞台背景上的壁板等又黑又亮,从横梁到屋檐之间的黑暗像一个巨大的吊钟笼罩在演员的头顶。这样的舞台才是最适合能剧的舞台。从这一点来说,近来能剧进驻到朝日会馆和公会堂等地方虽然是一件好事,但不得不说能剧本来的味道已经失掉了一大半了。

话说回来,伴随着能剧的幽暗和由此产生出的美,在今天已经成了只在舞台上才能欣赏到的特殊的阴翳世界,但在以前,那与人们的日常生活并不遥远。因为能剧舞台的幽暗也就是当时住宅建筑的幽暗,能剧服装的花纹和色调,就算多少比实际上华丽一些,大体也就和当时的贵族和大名的穿着差不多。每当我想到这里,总会恍然沉浸在对久远时代的想象中:过去的日本人,特别是战国和安土桃山时代的那些身着华丽服装的武士,和今天的我们比起来不知道有多美。能剧是对我们日本男性美的最高潮形式的表现,所以那些叱咤战场的古代武士,他们的脸饱经风霜,颧骨嶙峋,黑里透红,这样的脸庞配上那种色彩和光泽的素袍、大纹①和裃服②,那英姿该有多么威风和庄严。大概欣赏能剧的人多多少少都会沉浸于这样的联想之中,想到舞台上的色彩世界其实在很久以前就实际存在于人们的生活当中,于是在表演之外还能品味一种怀古的趣味。与此相反,歌舞伎的舞台自始至终都是一个虚假的世界,和我们本来的真实的美没有多大关系。男性美自不必说,女性美也不真实,以前的女性也不可能是我们现在在舞台上看到的那样。在能剧中,虽然女演员戴着面具,与实际生活相去甚远,但不戴面具的歌舞伎演员看起来也缺乏真实感。这都是因为歌舞伎的舞台太过明亮的原因,在现代照明设备还未普及的过去,那时的旦角或许要与实际更接近一些吧。现在人们常说,现代歌舞伎始终出不了以前那种女人味十足的旦角,这也许并不只是因为演员的容貌和素养的关系。过去的旦角演员如

---

① 男性用日本和服的一种,布面装饰有大个的纹样。
② 上下身礼服,由同色的无袖上衣和裤裙组成,是江户时代武士的礼服。

果站在今天这种明晃晃、亮堂堂的舞台上,男性那扎眼的粗线条必定也会暴露无遗,难道不正是过去舞台上的幽暗恰如其分地把它掩盖住了吗?在我观看晚年的梅幸①扮演的阿轻时,我最为深切地感受到这一点。我认为扼杀歌舞伎之美的正是那些无用的过剩照明。据大阪的行家说,木偶净琉璃戏在明治时代开始之后很长一段时间都还是使用油灯的,那时的戏比现在更加内敛含蓄、余韵悠长。直到现在,比起歌舞伎的旦角来,我仍然更能从那些木偶上获得真实感。在昏暗的油灯亮下,木偶特有的僵硬线条也消失不见,胡粉②那油亮的光泽也被虚化,那舞台是多么柔美!我肆意想象着那时美妙绝伦的舞台,美得让我几乎窒息。

如您所知,木偶净琉璃戏中女性的木偶只有脸和手腕到指尖部分露在外面。衣服的裙裾很长,胴体和脚尖都隐藏不见,而木偶师则把自己的

---

① 尾上梅幸,歌舞伎演员。
② 日本画和日本木偶制作时使用的一种颜料。

手伸进内部进行操纵。我认为这种形态是最接近实际的,古时的女人就只是以领口以上和袖口以外的形态而存在的,其他的部分全都隐没在幽暗之中。当时中流阶级以上的女人很少有机会外出,即便外出也是藏在轿辇深处决不现身街头,可以说她们大部分时间蛰居在深闺之中,无论白天黑夜,她们的五体都隐没在黑暗中,唯有一张脸昭示她们的存在。所以男性的衣服和现代相比更为花哨艳丽,而女性则不然。旧幕府时代商家的女子着装打扮惊人地朴素,那是因为衣服只不过是黑暗的一部分,是连接黑暗和脸庞的媒介罢了。过去曾流行染黑牙齿的化妆法,其目的难道不也是用黑暗填满脸庞以外所有的空隙吗?所以才会让黑暗侵蚀到了口腔内部。时至今日,像这样的女性的美,只要不去到岛原的角屋①那种特殊的场所,是看不到的了。但回想起小时候在日本桥的自家内屋里,借着庭院里的光亮做着针线活的母亲的面影,我大概可以想象得出旧时的女人是怎样一种面貌。那个时候,也就是明治二十年代

---

① 京都岛原花街(现京都市下京区)的一家高级青楼。

左右,那时东京商人家修建的房子还都是昏昏暗暗的,我的母亲、伯母和其他亲戚中年长的女性大都染了黑牙。平时的穿着我记不清了,但我记得有事外出时常常穿的是灰底的小纹和服。我母亲个子很矮,不足五尺,但那时的女人普遍不高,我母亲也应该算一般吧。不,极端地说,她们几乎没有肉体。除了母亲的脸和手,就只有脚我还隐约有所记忆,对于胴体我毫无印象。这让我想起了中宫寺观世音菩萨像的胴体,那不就是从前日本女人的典型的裸体像吗?那平板一样的胸部贴着纸一样薄的乳房,腹部向中间收紧,更加细小,而背部、腰部和臀部连成一条没有任何凹凸的直线,那样的胴体和脸、手脚相对比,显得过于瘦小纤细,不够匀称,与其说是肉体不如说更像圆柱形的棒子,以前女人的胴体大概都是那个样子的吧。即便到了今天,旧式家庭的老夫人或是艺伎当中不时还能看到这样的女人。每当我看到那样的女人,就会想起木偶的中轴棒,事实上,那样的胴体正是为了在外面套上衣服的支撑棒,其他的什么都不是。胴体赖以生存的是外面包裹的几袭衣裳,剥去衣裳之后,就像木偶一样,只剩一根难看的棒子。然而以前,这并没有什么不好。对于居住在黑暗中的她们来说,只要有一张微白的脸就够了,胴体没有存在的必要。大概那些讴歌明朗的现代女性美的人是很难想象那种幽灵般的女性美吧。或者大概有人会说,用微弱的光线蒙混过关的美并不是真正的美。但正如前文所述,我们东方人在任何地方都制造阴翳,由此来创造美。有一首古诗这样写道:"集而结之为柴庵,解而散之归野原。"我们的思维方式就是这样:美不在物体本身,而在物体和物体之间营造出的阴影的纹样与明暗。夜明珠置于暗处则大放异彩,暴露于光天化日之下则魅力尽失,离开了阴影的作用,美就难以存在。我们的祖先把女人看作是跟描金画或螺钿器皿一样与黑暗不可分割的存在,为了让她们隐没在阴影之中,我们的祖先让女人的手脚包裹在长长的袖子和裙裾之中,只突出头部一处。的确,那不够匀称的扁平的胴体与西方女人比起来也许真的很难看,但我们没有必要考虑看不见的东西。对我们来说看不见的东西就等于并不存在。非要去看那种丑陋的人,就好像用通明的灯火去照亮茶室的壁龛一样,亲手葬送了那里存的美。

　　那么,到底为什么这种从黑暗中寻求美的倾向只在东方人身上表现得如此强烈呢?虽然西方也是从没有电、瓦斯和石油的时代走过来的,但恕我孤陋寡闻,从不知道他们也有喜好阴影的习性。自古以来日本的鬼怪都是没有脚的,听说西方的鬼怪有脚且全身透明。光从这样一个微不足道的细节也可以看出:我们的想象世界中存在漆黑的阴暗部分,而西方人则连幽灵都像玻璃一样明亮。在其他的比如日用工艺品等方面,如果我们喜好的颜色是阴暗的堆积,那么他们喜好的就是阳光重叠的颜色。对于银器和铜器,我们喜欢锈蚀出了年代感的东西,而他们则认为这不清洁不卫生,把它们打磨得闪闪发光。房间里也尽量避免阴暗角落的出现,天花板和四周墙壁也刷得白白的。建造庭院的时候我们种植枝繁叶茂的树丛,而他们则铺设平坦开阔的草坪。产生这种不同审美倾向的原因到底是什么呢?我猜想,我们东方人的性格比较安于现状,倾向于从自己已然所处的环境中寻求满足,所以对于环境的昏暗并不以之为苦,而是坦然接受,光线不足就顺应这种不足,进而干脆潜入黑暗之中去发现它自然的美。而进取型的西方人总是不甘委屈,不断寻求一个更好的状态。从蜡烛到油灯,从油灯到煤气灯,从煤气灯到电灯,他们就是这样不停地寻求更进一步的光明,想方设法驱除哪怕是一点点的阴影。我想这种性格上的不同是原因之一,除此之外我觉得这和人的肤色不无关系。我们从很早开始就以肤白为美,但我们崇尚的白和白色人种的白却有所不同。近距离观察的话你可能会发现似乎有的日本人比西方人还要白,而有的西方人也比日本人要黑,但他们白得不一样也黑得不一样。就以我个人的经验来说吧,以前我住在横滨山手的时候,曾经和日夕居留地①的外国人一起玩乐,参加过他们的宴会或舞会什么的,那时候我站在旁边观察,我并没觉得他们的白有多么突出,但从远处看却能够轻而易举地把他们和日本人区分开来。日本人也穿着并不逊色于他们的晚礼服,有的女士甚至皮肤比他们还要白,但只要他们中间夹杂了哪

---

① 指定为外国人居住和经营的区域,在中国称为"租界"。

怕一位这样的女士,你从远处很容易就能发现她。这是因为日本人不管多白,那白里头始终有种轻微的暗影。然而那些女人不甘输给洋人,把后背、上臂、腋下等身上所有裸露的部分都涂抹上厚厚的白粉,可即便这样还是无法消除她们皮肤底下沉淀着的暗色。就像如果清冽的水底沉淀着污物,从高处看下去就很容易发现一样。特别是手指根部、鼻翼周围、后颈部、背脊等部位会有乌黑的、像灰尘堆积而成的暗沉部分。而西方人的皮肤就算表面看起来有些浑浊,但底下是明亮通透的,整个身体都不会有那种脏兮兮的暗影。从头顶到指尖,没有任何杂质,白得清澈。所以在他们的集会中只要有一个日本人混在里面,就好像白纸上渗入了一滴墨迹,即使我们自己看来也会觉得十分扎眼,心情不悦。这样看来,也不难理解过去白人对有色人种的排斥心理了。大概也有些神经质的白人对于社交场上的一点污痕——一两个有色人的存在感到很不自在吧。现在怎样我不清楚,但据说在对黑人的迫害最为严重的南北战争时期,他们的憎恶和轻蔑不单只针对黑人,还殃及黑人与白人的混血儿、混血儿之间的混血儿、混血儿与白人的混血儿等等。二分之一的混血儿,四分之一的混血儿,八分之一、十六分之一、三十二分之一的混血儿,他们都迫害到底,不放过一丁点黑人的血脉痕迹。对于那些外表看起来已经和纯粹的白人无异,只不过两代甚至三代之前的祖先中有一个黑人的混血儿,他们执拗的眼睛也能发现洁白的皮肤中潜藏着的哪怕是一丁点儿的色素。我们在考虑这样一些事情的同时,也能够得知我们黄色人种与阴翳有着多么深的关系。没有人愿意把自己置于丑恶的状态之中,那么很自然地,我们就会在衣食住行中使用素色的物品,并且让自己沉浸在昏暗的环境中。我们的祖先对于自己的皮肤中沉积了暗影这一点并没有自觉,也不知道还有比自己肤色更白的人种存在,我们只能认为他们对于色彩明暗的感觉自然而然地产生出了那样一种审美的倾向。

我们的祖先在明亮的大地上划出一方方独立的空间,并在那里营造出一个个阴翳的世界,然后将女人们隐没在黑暗的深处,这样她们就成了世上肤色最白的美人。如果说肤白是最高的女性美不可或缺的条件的话，作为我们日本人既没有其他办法可想，也不觉得这个办法有什么不好。白人的头发是亮色，而我们的头发是暗色，这正是自然在教给我们黑暗的理法，古人在无意识之中按照这种理法，让我们黄色的脸显得更加白皙。刚才我提到以前曾流行过染黑牙齿的化妆法，另外还值得一提的是古时候的女人剃除眉毛难道不也是让脸部更加凸显的手段吗？最让我赞叹不已的是那种泛着彩虹色光泽的青色口红。时至今日就连祇园的艺伎也几乎不再使用那种口红，如果不在脑海中想象那烛火摇曳的光影，你很难理解那种口红的魅力。古时的女人有意将嘴唇涂成青黑色，再在上面以螺钿点缀。她们从丰艳的脸上驱除了一切的血色。当我想到兰灯摇曳的光影中，年轻的女人从鬼火一般乌青的双唇间露出闪着黑漆色光芒的牙齿微笑着的情景，我知道没有比那更白的脸了。至少在我脑海中描绘的幻影世界里，比任何白种女人都要白。白人的白是一种透明的、熟悉的、日常性的白，而那是一种远离凡尘的白。那种白也许在实际生活中并不存在。那只是光和影的一场玩笑，只在那种情况下才会出现。

但这样我们就满足了,不必奢求更多。在这里,我想在讨论脸白的同时,讲讲包围这白色脸庞的黑暗的颜色。那是几年前,我带着东京来的客人到岛原的角屋去玩,见识了一回让我难以忘怀的黑暗。那是一间叫作"松之间"的大房间,后来被一场大火烧掉了。微弱的烛光点缀下,大房间和小房间黑暗的浓度不一样。我进入那个房间的时候,正好有一位剃了眉毛染了黑牙齿的半老的女侍应点了蜡烛候在硕大的屏风前面。屏风划出一个两张榻榻米大小的光明世界,那后面是从高高的天花板上垂下的一片浓重幽深的黑雾,弱不禁风的烛光根本无法穿透那黑暗,就好像撞上了黑色的墙壁一样被弹了回来。不知诸位读者是否也曾看到过这种"灯火映照下的黑暗"的颜色呢?那似乎是一种与夜路上的黑暗有所不同的物质。比如它看起来好像是一种充满了带有彩虹般七彩光辉的类似细灰的微粒子的物质。我担心它会进入眼中,不由得直眨巴眼睛。如今社会上流行小房间,一般都是十张、八张、六张榻榻米这样大小的房间,就算是点上蜡烛也看不见那种黑暗的颜色,但在过去的宫殿或青楼等地方,天花板修得很高,走廊也建得很宽,几十张榻榻米大小的房间是很平常的,可以想象在那样的房间里黑暗始终如雾霭一般地笼罩着,而那些尊贵的妇人就深深地浸润在那灰色汁液一般的黑暗当中吧。我曾经在《倚松庵随笔》中也提到过,我们现代人已经习惯了电灯的光明,已经忘却了这样的黑暗的存在。特别是室内的"看得见的黑暗",仿佛有种热浪般的飘忽不定,容易引起幻觉,所以某些情况下比室外的黑暗更可怕。魑魅魍魉和妖魔鬼怪可能就是活跃在这样的黑暗中的吧,而在这黑暗中的深闺重帷中居住的女人会不会其实就是那些魑魅的眷属呢?黑暗把那些女人重重围住,填满了她们的领口、袖口、衣襟扣合处等所有地方的空隙。不,也许相反,那些黑暗正是来自她们的身体,是从她们被染黑了牙齿的口中或黑发的末端,像土蜘蛛①吐丝一般被吐出来的。

---

① 土蜘蛛是日本传说中的妖怪,为体形异常巨大的蜘蛛,经常在山中出没。性格凶残,常将见到的人用蛛丝绑住,带回山洞住所里食用。

· 春琴抄 ·

前几年，武林无想庵①从巴黎回来的时候曾经说过："和欧洲的城市相比，东京大阪的夜晚格外明亮。在巴黎，就算是香榭丽舍的正中都有点油灯的人家，而在日本只要不是偏僻的山村很难看到这样的人家。可能世界上最奢侈地使用电灯的国家就数美国和日本了吧。日本在任何方面都喜欢模仿美国。"无想庵的这话是四五年前说的，那时霓虹灯之类的还没有流行起来，下次他再回日本的时候一定会吃惊日本变得更加明亮了。还有一件事，我是听《改造》②的山本社长说的，社长曾经带着爱因斯坦博士前往京都，在火车途经石山③一带的时候，眺望着窗外风景的博士突然说："哎呀，那边的东西真是太不经济了。"仔细一问，才知道博士指的是电线杆上亮着的电灯。虽然山本社长解释说："爱因斯坦是犹太人，所以对经济方面的事比较敏感吧。"但其实美国就不说了，至少比起欧洲来，日本更加大肆地使用电灯是个不

---

① 武林无想庵（1880—1962）日本小说家、翻译家。
② 战前日本发行的刊登很多社会主义评论的综合杂志，一九一九年创刊，一九五五年废刊。
③ 位于滋贺县大津市。

争的事实。说到石山,还有一件很可笑的事。今年中秋赏月的时节,我考虑了很久终于决定去石山寺赏月,可到了八月十五前一天,报纸上登出一条消息,说石山寺为了给明天晚上赏月的游客助兴,决定在山林间装上扩音器播放贝多芬的月光奏鸣曲。我看了这条消息立刻打消了去石山寺的念头。扩音器固然讨厌,更重要的是我知道那样的话,山上各处必定还要装饰上彩灯霓虹灯之类的,弄出一番热闹景气的氛围来。在那之前我就曾经有过类似的经历。有一年的八月十五,我邀约了一帮朋友各自带着便当一起前往须磨寺泛舟赏月,走到湖边一看,那湖已经被五颜六色的灯饰华丽地围住,虽然有月亮但却和没有没什么分别。考虑到这诸多的事情,不难看出这个时代的我们已经对电灯麻木了,对于照明过剩带来的不便,我们已经没有太多的感觉。赏月的情况倒还勉强可以接受,但酒馆、饭店、旅社、酒店等地方的电灯实在是太过浪费。对于招揽客人来说也许是有一定的作用,但夏天天还没黑就开始亮灯,不但浪费而且还让人更觉得热。夏天我无论去哪里都会因为这个闹得很不舒服。明明外边很凉快,一进到屋里就热得受不了,都是因为电灯开得太亮或者灯泡太多的缘故,试着关掉一部分电灯立刻就凉快下来,我实在想不通为什么客人和主人都注意不到这一点呢。本来室内的照明就应该冬天开得亮些而夏天适当暗一些,这样不但凉快而且不招蚊虫。而实际上很多人开着本不必要的电灯,热了又打开电风扇,想想都觉得麻烦。日式房屋散热比较快,勉强还能忍受,宾馆的西式房间不但通风不好,地板、墙壁、天花板都会吸收热量然后反射回来,实在是热得受不了。举出具体例子的话可能有些对不住人,但在夏天的晚上去过京都"京城酒店"的人应该和我有同感吧。酒店雄踞朝北的高地之上,比睿山、如意岳、黑谷的宝塔和森林,以及东山一带的翠峦尽收眼底,本来是清新凉爽的风景,这就更加可惜了。夏天的傍晚,本想面对山清水秀的风景,享受满楼凉风,沉浸在一段惬意的时光之中,可到了酒店大厅却发现白色的天花板上到处镶嵌着巨大的乳白色玻璃罩子,亮得刺眼的灯泡像在里面熊熊燃烧。最近的西式建筑天花板很低,就好像头顶上有一团火在燃烧,别提有多热了。身体中越是靠近天花板的部分就越热,从头顶到领口再到背心,就像被烈火炙烤一般。而且那火球只要一个就已经可以照射那么大的面积了,而那样的火球在头顶上有三四个之多,再加上还有很多小灯泡安装在墙上和柱子上,这些灯泡除了把每个角落的阴影都擦得干干净净以外没有任何作用。所以整个室内没有一点影子,一眼望去,白色的墙壁、又红又粗的柱子、把艳丽的颜色像马赛克一般组合起来的地板,像刚刚刷好的石版画一样印刻在眼底,这也让人感觉相当地燥热。从走廊进入到那里的时候你可以很明显地感受到温度的差异。就算有凉风吹进来马上就会变成热风,起不到任何作用。我是那家酒店的常客,对它有种亲切感,所以想要提出我的忠告:那样宜人的风景,那么难得的纳凉胜地,因为电灯毁于一旦实在可惜。日本人自然不用说了,就算是外国人也不例外,不管他们多么喜欢明亮,对于那燥热的感觉也是难以接受的吧。我相信只要试着把照明减少一些,立刻就会得到他们的理解的。当然我上面说的只是一个例子,并不只有那一家酒店是这样。使用间接照明的"帝国酒店"应该还算问题不大,但我觉得夏天还可以把光线弄得再暗一些。如今的室内照明已经不是为了解决读书写字或运针缝纫等问题,而只是为了消除每一个角落的阴暗部分,至少这同日本传统住宅的审美观念是矛盾的。个人的住宅因为经济上的考虑而节约用电,这反而带来好的结果,而商业场所走廊、楼梯、大门、庭园、院门等地方都装上了电灯,这都使得房间和庭园景观失去了原有的深邃意蕴。要是冬天,这些照明或许能让人觉得暖和,但夏天就没那么幸运了,不管躲到多么幽邃的避暑胜地去,只要住宿在旅馆,大都会遭遇"京城酒店"那样的悲哀。所以我有了自己的一份心得:在自己家里的时候就大开四面的雨窗,在黑暗中吊挂一副蚊帐横卧其中是最上乘的纳凉之法。

记得前些日子曾在某杂志或报纸上读到过一篇文章,讲的是英国的老太太抱怨说:自己年轻时对待老人十分体恤照拂,而现在的小姑娘根本不搭理自己,一说到老人仿佛觉得是某种污秽不洁的东西似的不愿靠近,现在年轻人的风气和过去真是大不一样了。看了这篇文章,我不禁感叹任何国家的老人都有类似的感受,同时也发现,人随着年龄的增长,似乎都会觉得所有的事都是如今比不过从前。一百年前的老人怀念两百年前的时代,两百年前的老人怀念三百年前的时代,无论什么时代,老人们都不满足于当时的现状,特别是现在,文化的发展变化尤为激烈,而我国又有一些特殊的情况,维新以来的变迁可能相当于那之前的三五百年的变迁的总和吧。我也学着老年人的口吻说这些似乎有些可笑,但如今的文化设施都一味取悦年轻人,正渐渐创造出一个对老人不友好的时代,这似乎是一个不争的事实。就比如说现在十字路口要看信号才能过马路,这样老人们很难安心外出。有身份出入乘坐汽车的人倒无所谓,像我这样的人,偶尔到大阪去的时候,过个马路浑身的神经都绷得紧紧的。就是看个信号灯都够呛,十字路中间的信号灯还比较容易辨认,在一些意想不到的侧方的天上闪烁着的绿的红的电灯实在不容易发现,在一些宽阔的十字路口很容易把侧面的信号错看成正面的信号。当京都的街头出现交通巡查的时候我曾深感遗憾,今天如果不去西宫、堺、和歌山、福山等稍显偏僻的城市,就很难体味纯日本风格的街市情趣了。在饮食方面也一样,在大都市要找到适合老人口味的东西并不容易。前些日子有报社记者来采访,问我知不知道什么非同寻常的美味佳肴,我就把我知道的吉野①山区的人们吃的一种"柿叶寿司"的做法告诉了那位记者,顺便我在这里也给大家介绍一下。先以每升米加入一合②酒的比例煮好饭,酒在米汤开始沸腾的时候加入。米饭熟透之后让它完全冷却,然后在手上放些盐把米饭紧捏成饭团。这时候手上不能沾一点水,用干燥的盐巴来捏是秘诀所在。然后把咸鲑鱼切成薄片盖在饭团上,再用柿子叶正面朝内把饭团包起来。柿子叶和咸鲑鱼都要事先用干毛巾把水分擦干净。这些都做好以后,找一个干燥的寿司盆或者饭桶,里面不能有水分,把做好的寿司紧密排列在里面不留缝隙,再盖上压板,放上泡菜用大小的压重石。今天晚上做好放一夜,第二天早上就可以吃了,第二天吃味道最好,两三天之内都可以吃。吃的时候用蓼叶蘸些醋撒在寿司上吃。这是我的一个朋友到吉野

---

① 奈良县南部一带的地名。
② 一"合"为十分之一"升"。

去玩,因为太好吃了就跟当地人学了做法后教给我的。只要有柿子叶和咸鲑鱼什么地方都能做,秘诀是手和工具要保持干燥,米饭要完全冷却,这也很好掌握,所以我就自己在家试着做了一次,果然很好吃。鲑鱼的油脂和盐分恰到好处地渗入米粒当中,而咸鲑鱼反而变得像生鱼一般柔软,那感觉真是妙不可言。和东京的手握寿司比起来别具一番风味,也更合我的口味,所以今年夏天我尽吃这个了。这种寿司让我知道了咸鲑鱼还有这样的吃法,让我对物资贫乏的山区人家的发明深感佩服。在了解很多的乡土料理的同时,我发现其实比起现代都市人来,乡下人的味觉更加确切,某种意义上来说他们享受着我们难以想象的奢侈。正因为这样,很多老年人放弃都市生活隐居乡下,然而乡下的街道也已经装上了铃兰灯饰,一年比一年更接近京都,所以隐居乡下也并不那么让人安心。有人说将来文明进一步发展,交通工具会向天空或地下转移,城市的路面会恢复以前那种宁静,但我敢肯定到了那个时候又有新的欺负老人的设备产生出来。这个社会最终还是一个拒绝老人的社会,所以老年人除了蜷缩在自己家里吃点小菜喝点小酒,听听收音机之外别无去处。本来还以为只有老年人才发这种牢骚,但似乎并不尽然,最近大阪朝日新闻的天声人语子①发表文章,嘲讽大阪府官员为了在箕面公园修建适合兜风的汽车道而滥伐森林,破坏自然景观一事。读了那篇文章我更坚定了自己的想法。就连深山里的树荫也要夺走的话,实在是太过愚蠢了。照这样下去,奈良也好京都、大阪的郊外也好,凡是能叫作名胜的地方都会实现大众化,然而代价却是像那样被剃成光头。但话说回来,这些也只不过是一种牢骚,我对于今日时势的可贵之处非常清楚,事到如今无论说什么也不可能改变历史潮流,日本既然已经沿着西方文化的道路迈出了步伐,除了勇往直前别无他法,老人们的感受什么的也顾不了那么多了,然而只要我们的肤色不变,我们都必须清醒地认识到我们不得不永远背负的损失。而我写这篇文章的意图也在于和大家探讨,我们是否还有可能在某些方面,比如文学艺术等方面弥

---

① "天声人语"是《朝日新闻》的一个长期连载的栏目名称,由朝日新闻评论委员执笔,以"天声人语子"为署名的匿名文章。

补我们所受的损失。我希望至少在文学的领域中把我们已经遗失的阴翳的世界重新唤回。我想将文学殿堂的屋檐加深一些,让墙壁变暗一些,把过于暴露的东西藏到阴影里,把无用的室内装饰都剥离出去。而且我并不奢求每一栋房子都实现这个愿望,只要有那么一栋就心满意足了。那到底会是怎样一番光景呢?只要试着关掉电灯就知道了。

恋爱与色情

英国有一位已经去世多年的幽默作家叫作杰罗姆·克拉普卡·杰罗姆。在其著作《小说笔记》中,他表达了这样的观点:小说这东西实在无聊,世上小说千千万万,比海滩上的沙粒还多,但故事情节都是千篇一律,总结起来无非就是"首先某个地方有一个男人,然后有一个爱着他的女人"——"Once upon a time, there lived a man and a woman who loved him."说来说去,不就那么回事吗?

除此之外,我还听佐藤春夫说,拉夫卡迪奥·

赫恩①在他的某篇讲义录中曾表达过这样的意思:"小说这种文体自古以来大多以男女恋爱关系为题材,所以一般人都自然有了一种观念,认为非恋爱不能成其为文学,但其实不应该是这样的。即使不是恋爱、人事,也有很多内容可以成为小说的题材,文学的领域本来是很广阔的。"

不管是杰罗姆的讽刺还是赫恩的高见,都说明这样一个事实:在西方,"没有恋爱的文学或小说"是非常不可思议的。当然,从古到今也并不是没有政治小说、社会小说、侦探小说等题材的小说,但那些都被认为是脱离了纯文学范畴的"功利性"的,或者"低级"的东西。

现在情况有所变化,如今的趋势是,即使是带着功利性目的的作品也不再因此就被认为是"低级"的,但以阶级斗争或社会改革为写作对象的作品可以说无一例外地都在某种形式上涉及恋爱问题。甚至很多作品的主题都是描写因恋爱而起的各种恩怨纠葛——是爱情重要还是阶级任务

---

① 即小泉八云(1850—1904),日本小说家,出生于希腊,原名帕特里克·拉夫卡迪奥·赫恩(Patrick Lafcadio Hearn),一八九六年归化日本,改名小泉八云。

重要？

　　侦探小说中也有很多时候是以恋爱作为犯罪动机的。如果再把范围从"恋爱"扩展到"人事"的话,那么西方自古以来的林林总总的小说,大大小小的文学,都可以说是以"人事"为题材的。当然也有《雄猫穆尔的生活观》①、《黑神驹》②、《野性的呼唤》③等以动物为主人公的小说,但那大多是寓意性的作品,在广义上仍然没有超出"人事"的范畴。此外,若说有什么例外的话,以自然美为对象的作品可以算一个,但我觉得即使是这样的作品,仔细品茗后也能发现它们都会在某些点上和"人事"脱不了干系。

　　写到这里,我想起来漱石先生的著作中有一篇题为《英国诗人对天地山川的观念》的文章。我于是立刻把我的书架翻了个遍,但不巧没找到这篇论文,所以很遗憾在这里就不能引用先生的高见了,但只要对照一下西方文学史、美术史立刻

---

① 德国作家霍夫曼(1776—1822)的作品。
② 英国作家安娜·休厄尔(1820—1878)于一八七七年完成之小说,也译作《黑骏马》。
③ 美国作家杰克·伦敦(1876—1916)于一九〇三年发表的著名小说。

就能得出这样的结论:占据西方艺术大部分领域的就算不是"恋爱"至少也是"人事"。

在日本的茶道中,自古以来挂在茶室里的轴幅可以是字也可以是画,但以"恋爱"为主题的作品是被排除在外的。这是因为人们认为"恋爱与茶道精神背道而驰"。

像这样蔑视恋爱的风气并不只存在于日本的茶道,在整个东洋都绝不少见。我们国家自古以来也不乏以男女爱情为主题的小说和戏曲,但这些作品在我们的文学史中受到郑重的对待,还是在西方思想开始渗透以后的事,在还没有所谓"文学史"的年代,说起软文学,首先给人的印象是文学的末流,妇孺的消遣或缙绅的业余嗜好,写的人并不那么热心,看的人也没当回事。实际上的确有不少杰出的戏曲家和小说家,而他们的作品也曾风靡一世,但表面上这种职业仍然被认为品位低下,不值得一个男人倾注毕生的心血。在中国,自古以来"济世经国"才是文章的本分,占据中国文学王座的正统汉文学主要都是经书、史书,要不然至少也是以修身治国平天下为目的的著作。我少年时代使用的汉文学教科书,都是《四书》呀《五经》呀《史记》呀"文章规范"一类的书,是与恋爱最不相干的领域。以前这些东西才是真正的文学,正统的文学。进入明治时代以后,有了坪内先生的《小说神髓》,有了莎翁与近松、莫泊桑与西鹤的比较论,渐渐地戏曲和小说也开始被视为文学的主流了,然而这种看法并不是我们的传统。小说和戏曲属于"创作",而史学、政治学、哲学等则不是"创作",不是创作就不属于文学,这样的看法从某种意义上讲也可以说是相当狭隘的。如果按照我们的传统来看西方文学的话,培根、麦考利、吉本、卡莱尔等人才是正统,莎翁等人的作品或许是需要悄悄藏起来读的。

在西方人眼里,诗歌比散文更加纯文学,但即便是诗歌,东方诗歌中的爱恋成分也相对较少,这一点只要看看最具代表性的两大诗人——李杜二家的诗,就知道我所言不虚。杜甫的诗中偶尔还有咏叹别恨离愁,倾诉流离之苦的诗句,但对象大多是"朋友",少数时候是他的"妻儿",没有一首诗是写"恋人"的。至于被称作"酒月诗人"的李白更是如此,他对"恋爱"的热情恐怕不及他对月光和美酒热情的十分之一吧。森槐南曾经在他的《唐诗选评释》中,就那首著名的《峨眉山月歌》——

> 峨眉山月半轮秋,影入平羌江水流。
> 夜发清溪向三峡,思君不见下渝州。

作过这样的评述:"思君不见"一句表面上好像指的是月亮,但从"峨眉山月"这个词来推测,隐约可以感到背后隐藏着的恋人。槐南翁的这个解释的确在理,李白就算有时候写恋爱,也是将思念寄托明月,写得极为隐晦和具有暗示性。而这正是东方诗人所擅长的。

因此,拉夫卡迪奥·赫恩所说的"即使不是恋爱也能成其为小说或文学"的观点对西方人来说或许有些稀奇,但对我们东方人来说,这再正常不过了。实际上,是西方人告诉了我们"恋爱也能成为高级的文学"。

我们经常会听到这样的说法:浮世绘的美是被西方人发现并介绍给世界的,在西方人热衷浮世绘之前,我们日本人根本不知道这种值得我们骄傲的艺术的价值。但仔细想来,这既不是我们的耻辱,也不是西方人的远见卓识。我们的确应该感谢西方人肯定我们在这方面的艺术,并把它向全世界宣传,但直言不讳地说,对于认为非"恋爱"或"人事"不能成其为艺术的西方人来说,浮世绘是最容易理解的,而同时他们弄不明白为什么这样美妙的艺术在日本同胞间却没有得到应有的尊敬(西方人中也有像费诺罗萨那样,介绍传播奈良的古典美术,发现芳崖和邦雅的艺术魅力的人,这另当别论)。

的确,德川时代的浮世绘画师的社会地位就和通俗小说作者以及狂言作者一样。恐怕当时有教养的士大夫们认为浮世绘或通俗小说与春画淫本差不了多少吧。所以大雅堂、竹田、光琳、宗达①之流是不可能受到与师宣、歌麿、春信、广重②等人同等的待遇的。同样在文学领域,也没有人把近松、西鹤、三马、春水③之流与白石、徂

---

① 大雅堂和竹田都是江户时代南画(文人画)家;光琳、宗达都是江户时代画家、工艺美术家。
② 师宣、歌麿、春信、广重都是江户时代浮世绘画家。
③ 近松门左卫门,木偶净琉璃、歌舞伎的作者;井原西鹤,江户时代浮世草子和木偶净琉璃作者及俳句诗人;式亭三马、为永春水是江户时代通俗小说家。

徕、山阳①等人相提并论。正因为如此,诸如"《关八州系马》的某个部分得到了后水尾天皇②的首肯",或者"《曾根崎心中》中旅途描写的文章得到了徂徕的赞赏"等等逸闻趣事才会被人们当作极为特别而让人惊奇的事实来说道。马琴③在世的时候自视比别的通俗小说家高人一等,世人也对他抱以一种尊敬的目光,这也是因为他的作品专以惩恶扬善为宗旨,宣扬人伦五常之道的缘故。通过这些事实我们可以想象一般的通俗小说家到底是什么样的地位。

我们的传统就是这样,虽然不能说完全不承认与恋爱相关的艺术——内心其实也很欣赏,私下里悄悄享受这些作品也是事实——但表面上总是尽可能地佯装不知。这是我们的谨慎之处,没有谁明确说出来,但却成为一种广泛的社会性礼仪。因此,说那些大张旗鼓搬出歌麿和丰国④来

---

① 新井白石,江户时代政治家、诗人、儒学学者;荻生徂徕,江户时代儒家哲学家;赖山阳,江户时代后期历史家、思想家、汉诗人、文人、艺术家、阳明学者。
② 日本第一百零八代天皇,一六一一至一六二九年在位。
③ 曲亭马琴,日本剧作家。
④ 歌川丰国,浮世绘画家。

说道的西方人破坏了我们默认的礼仪也并无不妥。

然而,可能会有人提出这样的疑问——"那么恋爱文学盛极一时的平安朝呢?我们的文学史上不是也有过那样的时代吗?也许德川时代的通俗小说家的确是被轻视的,但业平和和泉式部那样的歌人又如何呢?《源氏物语》之后众多的恋爱小说家们又如何呢?他们和他们的作品所受的待遇到底怎样呢?"

关于《源氏物语》,自古以来有很多说法。儒学家视其为淫靡之书,不乏加以攻击之人,而国学家们则把它当作圣经一样来崇拜,认为它的内容充满了最具道德性的教训,甚至有人牵强附会地把作者紫式部奉为"贞女之鉴"。但就算是牵强附会——总之如果不在表面上否定那本书是"淫靡之书"——如果不牵强地把它认定为"道德的""具有教育意义的"书籍的话——作为文学的《源氏物语》似乎就失去了它的存在价值和意义,从这里也可以看出其中存在的一种"礼仪",和东方人所特有的"粉饰体面的秉性"。

那么,我就在这里回到最初的那个问题,就平安朝的恋爱文学稍稍发表一些我的看法吧。

很久以前,有一个叫作刑部卿敦兼的公卿贵族,是个世上少有的丑男。但他老婆却是个不折不扣的美人儿,总是为自己有个丑陋的丈夫哀叹不已。有一次,她去宫中观看五节舞,放眼望去,满廷的公卿贵族,个个衣冠楚楚,龙章凤彩,没有一个像自己的丈夫那样丑陋。她不由得更加厌恶自己的丈夫了,那天回到家她一言不发,把脸扭到一边去正眼都不愿看一下她的丈夫,最后一个人躲到内室里不出来了。她的丈夫敦兼觉得很奇怪,但却不知道为什么。有一天,他到宫中去上朝,晚上很晚才回来,可当他回到家里发现房里没有点灯,漆黑一片,连下人们都不知道跑到哪里去了,换下来的衣服也没有人来叠一下。他没有办法,推开门廊的门,一个人陷入了沉思,渐渐地夜已深沉,月光风吟,凄凄切切,妻子的薄情让他悲从中来,他难以抑制心中悲愤,取出觱篥反复吟唱起来:

篱内白菊艳,

· 春琴抄 ·

花无百日鲜,

昨夜枕边人,

凋零已不见。

他的妻子其实就躲在内屋里,听到丈夫唱的这首歌,突然哀伤起来,她从屋里出来与丈夫相见,从那以后夫妻二人和睦恩爱,白头偕老。

这个故事出自大家都知道的《古今著闻集》的"好色卷",所以应该是镰仓幕府时代或王朝末期的故事,但不管怎样,当时京都的贵族生活仍然保留着很多平安朝的风俗习惯,所以把它看作具有代表性的平安朝恋爱故事应该并无不妥。

而我觉得奇怪的是,这个故事中的男女的位置。正如《古今著闻集》的作者所说:"从此以后据说夫妇二人恩爱和睦,可见这位夫人有一颗优雅善良的心。"作者既没有谴责夫人的不贞,也没有嘲讽丈夫敦兼的软弱,而是把它当作夫妻恩爱的美谈来传颂的。而这样的认识在平安朝的公卿贵族之间似乎是一个理所当然的常识。

在明知对方是个丑男的情况下过门的妻子,如今没有任何理由地疏远她的丈夫。而这位丈夫不但没有对妻子有什么怨言,反而是站在妻子家门外用歌声倾诉哀怨。听了他的歌唱后重新接受丈夫的妻子被认为"有一颗优雅善良的心"。这不是西方爱情故事中的情景,而是日本的王朝中发生的故事。说到文中敦兼"取出篳篥"为歌唱伴奏的描述,我有些疑惑,那个时候的公卿贵族会常备有那种乐器吗?我每次读到《著闻集》的这个部分时,就会想起那出《壶坂》的开场情景:盲人泽市一个人一边弹着三弦琴一边唱着京都歌谣《菊之露》。

> 鸟语凄凄映洪钟,思君不见泪泉涌,
> 泪河悠悠舟楫绝,茕茕孑立万事空。
> 相逢原是别离始,庭中小菊有枯荣,
> 相对无言花容褪,唯有夜露凝秋风。

戏剧里的泽市光捡这首曲子前半部分的基调的地方唱。在这里泽市也和敦兼一样把思念之情寄托于菊花,这可算是一个奇妙的巧合。过去大阪人并不待见这首歌,说是唱了这首歌就会断了缘分。这些都暂且不说,因为据说这段净琉璃戏是团平夫人所作,所以其中充分表现出了女性的温柔特质,不过泽市本来是受人同情的残疾之身,和敦兼有很大的不同。更不要说敦兼夫人和阿里了,那简直是天壤之别,阿里那样的女人才是真正的心地"优雅善良",可以说他们的故事才是真正的"夫妇美谈"。到了后来,武士政治和教育渗透到一般民众之间,用那个时代的眼光来看,先不说敦兼夫人的妇道如何,首先不难想象的是像敦兼那样的男人必定会被作为"男人中的败类"而被嗤之以鼻。这样的情况下,如果是镰仓时代以后的武士,必定痛痛快快地断了念想,如果断不了,则必然立刻踏入房中痛痛快快地分出个胜负来。女人们大抵上也都喜欢这样的男人,像敦兼那样婆婆妈妈的反而更招人嫌弃,这也是一般人的正常心理。德川时代在恋爱文学盛行这一点上与平安朝正好相反,但试着思索一下近松以后的戏曲,我实在很难再找到像敦兼那样窝囊的男人。就算有类似的情况出现,也都是当作滑稽的笑料来对待,恐怕没有当作美谈加以颂扬的。人们似乎认为元禄时代①的社会风气淫靡懦弱,但事实上当

---

① 江户幕府第五代将军德川纲吉治世,特别是以元禄年间(1688—1704)为中心的时代。

时的浪荡公子出人意料地倔强鲁莽、杀气腾腾，《博多小女郎》①的宗七以及《油地狱》②的与兵卫这些就不用说了，就连殉情故事里的美男子也常常打打杀杀，没有一个是王朝时代的公卿贵族那样的胆小鬼。再往后到了化政期③以后的江户时代，就连女人都崇尚"张力"，不用说"男子汉大丈夫"有多么受欢迎了。说起江户戏剧里的美男子，很多都是大口屋晓雨式的侠客，或者片冈直次郎式的不良少年。

我总觉得平安朝文学里的男女关系在这一点上和其他的时代有所不同。要说敦兼这样的男人是没有骨气的窝囊废也并没有什么不妥，但从另一个角度来说，这也是一种女性崇拜的精神。不是以居高临下的姿态爱抚女人，而是跪倒在她面前昂首仰望的一种心境。西方的男人常常会从自己的恋人身上看到圣母马利亚的姿态，幻想出

---

① 近松门左卫门所作的净琉璃剧目《博多小女郎波枕》。
② 即《女杀油地狱》是近松门左卫门所作木偶净琉璃剧目。
③ 是江户时代的宽政改革和天保改革之间的时期，即一八〇四至一八三〇年，因为跨越文化、文政两年号，因此也简称化政时代。

"永远的女性"的面影,而在东方自古以来本没有这样的思想。"依赖女人"被认为是与"男子气概"背道而驰的,而"女人"这一观念从来被置于一个与"崇高""悠久""严肃""清净"等无缘甚至相反的位置。然而在平安朝的贵族生活中,我们可以想象得到,"女人"虽然不至于君临"男人"之上,但至少和男人一样自由,男人对女人的态度也不像后世那样粗鲁暴力,而是非常谦和的、温柔的,有时甚至是把女人当作世上最美丽尊贵的事物来看待的。比如说《竹取物语》中的辉夜姬最后升天的思想,是后世的人们所不具备的,我们很难想象戏剧和净琉璃剧中的女人穿着那样的服装升天而去的光景。虽然小春或梅川等惹人怜爱,但始终不过是哭倒在男人膝下的女人而已。

说到《古今著闻集》,我想起了《今昔物语》的本朝部的第二十九卷里的一个故事。这个故事叫作"不被人知女盗人语",在日本是一个非常少见的女性施虐狂的例子,而且恐怕这是东方关于因性欲而鞭笞的最早的稀有文献之一了。"白天和平常一样,没有其他人,她把男人叫到里面的另外一间房里,在男人的头发上系上绳子,然后把他捆在十字架上,露出他的后背,把他的脚弯曲过来捆绑好。女人戴着乌帽子①,穿着水干服②和裤裙,单肩裸露,手持鞭子,狠狠地连抽了八十次,然后问男人:'痛不痛?'男人回答:'没什么大不了的'。女人说:'我果然没看错你。'然后取灶灰与他煎服,并让他喝下上好的醋,扫干净地上的土让他躺下。两个钟头以后把他扶了起来,这个时候他已经恢复得差不多了,那之后她准备的饭菜比之前的还要丰盛。她对男人悉心照料,三天之后,背上的伤口已经好了一些,这时她又把男人带到上次的地方,同样把他绑在十字架上又是一顿鞭笞。鞭子落在上次的伤口上,血流如注,皮开肉绽,女人毫不手软地又抽了八十鞭,然后问道:'能受得住吗?'男人面不改色地回答:'不打紧。'女人听了以后比上次更加大加赞赏,然后又对他悉心照料,然后又过了四五天的样子,又像上次一样一顿鞭笞,这次男人仍旧面不改色,女人于是把

---

① 乌帽子是平安时代至近代和服的一种黑色礼帽。它可能由中国汉服的高屋乌纱帽演变而成。
② 平安时代后期至江户时代的男子和服的一种。

他转过来,抽他的肚子,男人仍然说没什么大不了的,女人给予他无以复加的赞赏……"这就是《古今著闻集》里的相关描述。后世的女贼毒妇中不乏残忍的女人,但如此嗜虐成性的女人,特别是通过鞭笞男人来享乐的例子,即便是在荒唐无稽的草双纸①之中也难觅踪迹。

　　这样的例子或许有些极端了,但无论是通过前面讲的敦兼的故事还是这个女贼的故事,我们似乎都可以感觉到,平安朝的女人动辄站在优越于男人的位置上,而男人对女人很多时候也是温顺服帖的。读过《枕草子》的人都知道清少纳言在宫廷中常常使男人们屈服的逸事,那个时候的日记文学呀,物语文学呀,赠答的和歌等等中都可以看出,很多时候女人都受到男人的尊敬,某些时候男人对女人甚至表现出哀求的态度,那时的女人决不像后世的女人那样被男人的意志所蹂躏。

　　《源氏物语》的主人公妻妾成群,从形式上看来,是他在玩弄消遣女人,然而制度上的"女人是

---

① 江户时代一种有插图的通俗读物。

男人的私有物"和男人心理上的"尊敬女人"并不一定就是矛盾的。虽然是自己财产的一部分,但有的财产是十分贵重的。自己家里佛坛中的佛像当然是自己的所有物,但并不妨碍人们在其面前合掌跪拜,若疏于供奉便会害怕受到惩罚。我在这里想要说的,并不是从经济或社会机制的角度来看的女人的地位,而是指男人从女人的形象中体验到的"高于自己""更加崇高"的心理感受。光源氏对藤壶抱有的憧憬之情,虽然没有露骨的表达,但可以推测出其中包含的与此接近的某种东西。

在西方的骑士道中,武士的忠诚与崇拜的对象是"女性"。他们因为他们所尊敬的女性而斗志昂扬,受她们的鼓励,从她们那里获取勇气。"男子汉气概"与"渴求、崇拜女性"是一致的。即使到了近代这样的风俗习惯也没有改变,像汉密尔顿夫人和纳尔逊那样的,或者约翰·斯图尔特·密尔夫人和她丈夫那样的关系,可以说在东方完全找不到类似的例子。

在日本,为什么会随着武士政治的兴起和武

士道的确立，人们变得轻视女性，把她们视为奴隶了呢？为什么"温柔对待女人"变得与"武士气概"背道而驰，成为"懦弱"的表现呢？这虽然是一个有趣的问题，但这事儿说起了头一时半会儿就收不回来了，而且很自然地在后文中会有机会涉及这个问题，所以这里暂且不做赘述，总而言之，在日本这样的社会意识之下，是不大可能产生高尚的恋爱文学的。诚然，西鹤以及近松等的作品从某种角度来看的确不比西方文学逊色，但不可否认的是德川时期的恋爱文学无论有多么高的造诣，毕竟只是下层民众的文学，光是这一点已经注定了它低下的格调。这也难怪，他们本身就是轻蔑女人，贬斥恋爱的人群，又怎么能创造出气象高迈的恋爱文学呢？在西方，就连但丁的《神曲》，不都是产生于诗人对贝缇丽彩的初恋吗？除此之外不管是歌德还是托尔斯泰，这些被世人尊为大师的人物的作品，就算描写的是通奸，失恋自杀等道德上相当值得商榷的事情，也丝毫不妨碍它们高尚的格调，这到底是我们的元禄文学所无法比肩的。

我们知道,西方文学对我们的影响是多方面的,然而我认为其中最重要的莫过于"恋爱的解放"——说得更直白一些就是"性欲的解放"——这一点了。明治中期盛极一时的"砚友社"①的文学仍然还带着明显的德川时代通俗小说的气质,然而接下来"文学界"②以及"明星派"③运动兴起,到后来开始流行自然主义文学,我们已经完全忘却了我们祖先对恋爱与性欲的禁忌,丢掉了旧社会的传统和礼仪。只要试着对尾崎红叶④和红叶之后的大文豪夏目漱石的作品作一个对比,你就能发现他们对女性的看法存在显著的差异。夏目漱石是屈指可数的英国文学研究家,但他决不属于时髦西化的一类,相反他更是一个典型的东方文人型的作家,然而即使如此《三四郎》和《虞美人草》等作品中的女性和对待女性的态度,到

---

① 砚友社是日本明治时代的文学团体,创立于一八八五年,创办刊物《我乐多文库》。
② 《文学界》是日本明治时期的浪漫主义文学杂志。
③ 《明星》是一九〇〇至一九〇八年发行的以诗歌为中心的月刊文艺杂志。
④ 尾崎红叶(1868—1903),日本小说家、散文家、俳句诗人。

底是红叶的作品中难以找到的。这两位的区别不是个人层面的,而是时代和社会层面上的。

文学在反映时代的同时,有时候也会先于时代,为时代的走向引领方向。《三四郎》和《虞美人草》的主人公给人的感觉并不是以恭顺贤良作为理想的旧式妇女的延续,而很像是移植自西方小说中的人物一般。就算实际上那个时候并没有很多那样的女性存在,但至少日本社会是盼望、梦想着所谓"觉醒的女性"出现的。我觉得和我同时代出生,并和我同样立志于文学的当时的青年们,多多少少都抱着同样的梦想。

然而,梦想和现实往往是很难一致的。要把背负着悠久传统的日本女性拉升到西方女性的位置上,需要肉体和精神上的数代人的努力和磨炼。这不可能是我们这一代人就能完成的宏愿。举个简单的例子来说,首先我们的女性要获得西式的姿态美、表情美、步态美等等就决不是简单的事。毫无疑问,要让女性获得精神上的优越感,首先必须从身体上开始做好准备。在西方,崇尚裸体美的希腊文明的影响源远流长,直到今天欧美的城市里街头各处仍然都装饰有神话中女神的雕像,在这样的国家这样的城市中成长起来的女性拥有匀称健康的肉体是非常自然的,而我们的女性要获得和她们同样的美,就必须生活在和她们同样的神话土壤中,把她们的女神当作我们的女神来崇拜,把延绵数千年的她们的美术移植到我们的国家里来。如今时过境迁我也不怕说句实话:年轻时的我就是抱着这样一个浩瀚无垠的梦想,并为这个梦想的艰难而感到无比落寞的人中的一个。

我认为,就像精神中存在"崇高的精神"一样,肉体中也存在"崇高的肉体"。而且,日本女性中拥有这样肉体的人少之又少,就算有,其寿命也非常短暂。据说西方女性达到女性美的顶点的平均年龄为三十一二岁——也就是结婚后的数年时间,而在日本,只有从十八九岁到最多二十四五岁的处女当中偶尔可以发现一些让人叹服的美人儿,而这些美人儿也大都会随着她们的结婚而如幻影一般消失不见。有时偶尔听说某某的夫人,或者某某女演员、某某艺伎等是如何如何之美,但那大都是女性杂志封面上的美人,遇见真人一看,皮肤不但松弛,还由于使用香粉膏而导致皮肤青黑,有的脸上还有斑痕,眼角处藏不住家务负担带来的倦意以及房事过度的疲劳。特别是处女时代高高隆起的雪白的胸部和丰盈的腰部曲线,可以说能够将它们保持到婚后的人一个也没有。服装的变化就是一个证据。很多女性年轻的时候都喜欢穿西式服装,可一过了三十岁,肩上突然就消瘦下去,腰部周围也开始变得空荡荡的,西式洋装就再也穿不下去了。结果她们的美丽完全是靠和服的穿着和化妆技巧粉饰出来的,就算有一种柔弱之美,但却感觉不到那种真正让男人跪拜在其面前的崇高之美。所以西方有可能出现"圣洁的淫妇"或是"淫荡的贞女"这种类型的女人,而日本却不会。日本的女人在变得淫荡的同时就会失去处女的健康与端丽,血色与姿态都会衰败,变成与娼妓无异的下流的淫妇。

我记得在某本书上读到过一篇文章,说的好像是德川家康的事,他告诫妇女们说:妻子要想得到丈夫长久的宠爱,秘诀就在于房事后决不在丈夫床上久留,而是尽快回到自己的床上去。这种意见的确很好地把握了日本人讨厌事物过于浓烈的秉性,但就连德川家康这样拥有强健绝伦的肉体和精神力量的人都会说出这样的话,多少还是有些出人意料的。

我曾经在《中央公论》上介绍过一篇室町时代的小说,名字叫作《三人法师》。读过这篇小说的人应该记得其中有这样一节内容,讲的是足利尊氏的家臣糟屋窥视了一位官宦人家的女子之后,立刻患上了相思病的情节。不难看出,南北朝时代①的武士之间仍然残存着平安王朝时代的优雅风气,不久足利尊氏将军听闻了此事,将军亲自为糟屋修书一封,派遣一个叫佐佐木的武士作为使者前往那家官宦人家说媒。"……将军道此事好办,蒙将军厚爱特修书一封,派佐佐木出使二条殿②……"原文中由糟屋本人叙述事情的原委,他是如此叙述当时的心情的:"二条殿的回信中道,此乃宫中女官名唤尾上,不可下嫁一般武士,但可叫此人前来一聚。将军亲自将此信送至鄙人住

---

① 日本的南北朝是指一三三六年至一三九二年,分裂为南、北两个天皇与皇室的时代,之前为镰仓时代,之后为室町时代。
② 二条殿是南北朝时期担任太政大臣的二条良基的宅邸。

处。蒙将军大恩,鄙人实在无以为报。然而这世上也实在没意思,就算能够见到心上人,也不过是一夜的鱼水之欢而已,想到这里便觉得不如遁入空门为好,但转念一想,我糟屋一介武士,钟情于二条殿女官难遂心愿,蒙将军成人之美从中斡旋,自己却像个懦夫一样不敢相见,反而遁世逃避,此事传出去岂不是一生的奇耻大辱,哪怕只有一次也好,至少也应该见上一面,不管之后如何都不后悔……"

虽然对方在下级武士看来是身份高贵的宫中女官,但一个堂堂七尺男儿居然因为思慕一个女人而大病一场,承蒙主人一番好意成人之美,即将得遂所愿之时,欣喜之情如登九霄云天,"蒙将军大恩,鄙人实在无以为报",自己也是感激涕零的,然而那之后立刻变成了"这世上也实在没意思,就算能够见到心上人,也不过是一夜的鱼水之欢而已,想到这里便觉得不如遁入空门为好",这不得不说是一种奇怪的心理。若是平安朝的贵族也就罢了,可这位武士是尊氏将军的部下,一个搏击乱世、驰骋疆场的武士能有如此的感怀,难道不是更不可思议吗?

我记得西方好像有句谚语,大概是"天上飞的一群鸟不如手里攥着的一只鸟"的意思。可这位武士在自己可望而不可即的宝贝即将到手的关键时刻,在如愿以偿的喜悦还没有最终实现的时候,也即是沉浸在对即将到来的幸福的想象中的时候,却觉得"这世上也实在没意思",早早地萌生了遁世的念头。最后他虽然转而认为"像个懦夫一样不敢相见,反而遁世逃避,此事传出去岂不是一生的奇耻大辱",前去与心上人相见,但他并不是抱着"到手的东西决不放手,要彻彻底底地享受其中快乐"的想法,而是觉得"哪怕只有一次也好,至少也应该见上一面,不管之后如何都不后悔"。这样一种心理恐怕只有日本人才有,西方人没有,恐怕中国人也是没有的吧。

我之前讲的德川家康的例子,可能有时候并不适用于那些不正常的恋爱或是一时间轰轰烈烈的恋爱,但至少对于过着正式的婚姻生活的人来说,这是十分恰当的提醒,实际上,比起妻子来,丈夫——只要他是日本人——都是有十分深切的感受的吧。这一点我本人也有体会,妻子就不用说了,就算是恋人也不例外,每次事情过后都会想要分开一段时间——最短的时候两三分钟,长的时候会想要分开至少一个晚上,甚至一周、一个月。回顾过去的恋爱生活,没有让我有这种感觉的人或情况可以说寥寥无几。

这里面也许有很多因素起作用,但可以肯定的是日本男人在这方面是比较容易疲劳的。而快速的疲劳会作用于神经,让人产生一种做了什么可耻的事情的感觉,进而让人心情忧郁,精神消极。又或者是因为传统的蔑视恋爱及色情的思想深入骨髓,让人心情忧郁,从而反作用于身体,所以才导致快速疲劳,但不管是哪一种,总之可以确定的是,我们是一个性生活淡泊,经不起浓烈淫乐的人种。我曾向横滨以及神户等开放口岸的卖笑女求证过,据她们说,和外国人相比,日本人那方面的欲望要少得多。

但我并不赞成把这个全都归咎于我们的体质虚弱。就算我们今后大兴体育,(需要顺便提一下的是,西方人对体育的喜爱和肯定和他们的性生活有着密切的联系。这和为了尽情饱餐一顿美食而先饿肚子是一个道理。)拥有了媲美西方人的肉体,我仍然怀疑我们是否能变得和他们一样浓烈旺盛。其实我们在其他方面是相当活跃和精力旺盛的人种,这一点只要对照过去的历史和现在的国势就能看得出来。我们在性欲方面相对淡泊与其说是因为体质弱,不如说是受制于气候、风土、食物、居住等条件的限制。

关于这一点我想到这样的事实:西方人如果在日本常住的话,头脑会渐渐迟钝,身体变得慵懒无力,最后变得无法继续工作。所以他们至少四年会休一次长假,回到自己的故乡去待个一年半载的再回来,如果没有时间休那么长的假,就只有在日本国内找一处气候稍微接近欧美一些的地方,搬过去居住。据说信州轻井泽的开放完全就是因为这个,可见日本和欧美相比湿气有多重。就连我们自己在梅雨季节也会患上神经衰弱,手脚无力,更不要说那些从没梅雨现象的国家来的人了,他们生活在日本一定会觉得一年四季都是梅雨季节。我有一个做公司职员的朋友,长期被派驻在印度孟买,他回国时曾经说:"哎呀,那地方一年四季闷热难耐,全身黏糊糊的,真受不了。如果还要被派过去的话我就辞职。""可是你中途不是也能回来吗?""四年回来一次,根本不起作用。你试试在那边常住就知道了,任何人都会头脑失灵,整个身体就像腐烂到了骨髓里一样,所以无论是日本人还是西方人都不愿去那里。"最后那个朋友真的就从那家公司辞职了。这样看来,很多被派驻日本的外国人当中,一定也有一些人的感受和日本人被派驻孟买的感受差不多吧。

我不知道过于干燥的气候对身体健康是否也有不利影响,但干燥的气候是很有必要的,不光是性欲方面,比如说饱食了油腻畅饮了烈酒,或是其他所有激烈的欢乐之后,只有接触到那种提神降火的清冽的空气,仰望澄净美丽的蓝天,肉体的疲劳才能得以恢复,脑筋才能重新灵敏起来。然而潮湿的国家自然雨也多,能看见蓝天的时候相对较少,特别是日本大概因为是岛国的原因,只要不是远离海岸的高原地带,哪怕冬天空气也是潮乎乎的,吹南风的日子,黏糊糊的海风吹得人脸上直冒油汗,头疼是常有的事。我不是旅行家,确切的情况也说不准,但我觉得整个日本国内要说比较少雨、温暖、干燥,还要交通便利也不那么差的地方,恐怕只有我现在居住的六甲山麓一带,和沼津到静冈的沿海地带了吧。曾几何时,医生们都建议身体虚弱者到海滨疗养,东京地区流行去湘南一带,京都、大阪地区则流行去须磨、明石一带疗养。直到今天仍然可以看到从镰仓一带赶往东京上班的人,但以我的经验来看,海滨地区冬天的确温暖,但很多时候都吹着那种热乎乎的海风,身上穿的衣服很快就润润黏黏的,脑袋也被上蹿的血液冲得晕头转向。就算一二月份还没什么,到了三四月份这就更厉害了,要是待到闷热的夏天,镰仓等地比起东京来温度要高出不少,我实在搞不明白那些人为什么要去那种水难喝蚊子多的地方避暑。我这人可能比一般人更容易上火,我在鹄沼和小田原都住过,基本上每天都感觉头部隐隐作痛,特别是住在小田原期间患上了严重的神经衰弱,体重骤减了一大截。京都、大阪地区的须磨、明石一带也基本是相似的情况,从那里再往西走的中国地区①虽然雨量较少,看上去的确明朗

---

① 日本的"中国地区"指日本本州岛西部的山阳道、山阴道两个地区的合称,包含鸟取县、岛根县、冈山县、广岛县、山口县五个县。

许多,但不知为什么空气也是黏糊糊的,从樱花时节开始就已经觉得闷热,到了傍晚无风的夏天,手脚好像融化了似的使不上劲,自己的身体就不用说了,放眼望去,大海和绿叶也都大汗淋漓,像刚刚画好的油画一般闪着油光。

如此这般,日本这个国家的中枢部的大部分都像这样潮湿黏糊的气候,实在不适合那些激烈浓郁的享乐。据说在法兰西一带地区,就算是盛夏酷暑的时节,出的汗也会自然干燥,决不会弄得皮肤黏黏糊糊的。只有生活在这样的风土气候中的人才会不知疲倦地沉溺于性欲之中,若是生活在像日本这样一动不动都会头疼乏力的地方,实在很难有兴趣寻求恶辣浓烈的刺激。如果遇上濑户内海地区夏天无风的傍晚,只是喝一点点啤酒就会全身黏黏糊糊,浴衣的领子袖口都会浸上油,躺着不动都觉得全身关节像散了架似的,这种时候完全清心寡欲,房事什么的想想都腻得慌。而且,因为气候如此,导致食物也很清淡,住宅的形式也是开放性的,这也产生了很大的影响。贝原益轩所提倡的白天行房,对于日本这样的风土气候中的人来说是个有利健康的方法,房事过后可以看看晴朗的天空和阳光,泡个澡再出去散散步,这样就不容易心情抑郁,疲劳也可以较快地恢复,无奈一般人家很难有一间私密度高的密闭的房间,所以这样一个提议也是说起来容易做起来难的。

可是按照这样的说法,那印度以及中国南部等高湿度地区的人们在那方面就应该比我们还要淡泊,可事实似乎并不是如此。他们吃的食物比我们的要浓厚得多,住的房子在那方面也比我们的更加方便,可以推测他们过着与此相匹配的浓烈的生活。然而作为代价,他们似乎过度消耗了精力,这从中国自古以来多次被北方民族征服的历史,以及印度的现状来看都可以得到印证。对于物资丰富的大国的人民来说也许这样并没有什么不可,但像日本人这样好动、性急、好胜却又生在贫瘠的岛国的人来说,到底是无法做到的。且不论是好是坏,总之我们的武人刻苦习武,农夫勤耕不辍,一年到头辛勤劳作不敢松懈,若非如此我们的国家就难以维系。若是多过几天平安朝的公卿似的安逸生活的话,立刻就会遭到邻近大国的侵略,和朝鲜、蒙古、安南①等国遭受同样的命运吧。这样的情况从古至今都没有改变,更何况我们还是一个特别争强好胜的民族。我们今天之所以可以身居东洋而跻身世界一等强国之列,可以说正是因为我们没有贪图恶辣浓烈的欢乐的缘故吧。

因为我们是一个鄙视对恋爱的露骨表现,而且在色欲上也清心淡泊的民族,所以读遍我们的历史也很难获得那些在幕后发挥作用的女性的信息。出于职业需要和爱好,我常常想以过去的人物为题材写一些历史小说,这个过程中我最为恼火的是无法得知那些人物身边的女性的面貌。毫无疑问,历史上的英雄豪杰身上必然有着某种形式的恋爱故事,只有对这方面进行没有忌惮的充分的描写才能写出有血有肉的人物形象。像太阁写给淀君的情书那样的东西实在是非常珍贵的资料,可惜那样的文字资料保留下来的很少,就算有留存下来的,也很难被发现,专门的历史学家花费

---

① 今天的越南。

大量的时间也不过弄到一两件而已。常常阅览诸家族谱的人应该深有体会,有的历史上的著名人物甚至不知道有无正室,虽然有母亲是确定无疑的,但她的身份名字等都知之不详。事实上日本自古以来的家谱族谱,上至皇族下至平民百姓,都对男子的情况有详细的记录,而对于女子只是简单的记上"女子"或是"女"的字样,生卒年月和名字都没有记录的情况可以说十分普遍。也就是说,我们的历史中有一个个具体的男性,但却没有一个个具体的女性,她们就像族谱里记载的那样,永远只是一个抽象的"女子"。

《源氏物语》中有一卷叫作"末摘花"。为源氏的恋爱牵线搭桥的一个叫作大辅命妇的女人在源氏面前说起已故常陆宫的女儿,说"此女品性、相貌如何,我所知不详。惟觉此人生性喜静,难以与人亲近。有时我找她有事,也要隔着帷屏与我说话。可与之互诉衷肠者唯琴弦而已"。听了这话以后,源氏很是好奇,在一个秋天的下弦月的夜晚,源氏悄悄来到那位小姐避世而居的寂寥的寓所。小姐一开始非常羞怯,不愿接待客人,在命妇一再的劝说下终于拗不过,松口道:"如果可以只是默默倾听对方言语,不必作答的话,隔门一会也未尝不可。"命妇说让客人待在门外太失礼,于是把源氏引到一个房间里,隔着房间之间的纸槅门让他们相会。源氏虽然看不见小姐的样子,但却能感觉到她"娇躯微微移动时的衣衫摩挲,和香囊中传来的阵阵幽香,安详文静"。源氏在纸门的这边不管和她说什么,她都一言不发。过了些时日,源氏有些按捺不住了,于是吟诵起这样一首歌来:

> 有缘相逢不相识,金口难开心不死,
> 相知相忘有定数,愿得玉言以告之。

纸门那边小姐的侍女也看不下去了,就代替小姐答道:

> 有缘相逢不相识,滔滔不绝闻相思,
> 未敢绝情逐贵客,何处开口不自知。

经过了这样的对话之后,源氏硬是推开隔在中间的纸门,和那位小姐行了周公之礼,但由于室内昏暗,他仍然没有看清对方的容貌。在那之后的很长一段时间内,源氏都像这样去和小姐幽会而一直不知道她长什么模样。在一个下雪天的早上源氏推开庭院的隔栏,一边眺望园中雪景一边哀叹道:"看看这晴朗通透的天空多美啊,小姐为何总要把自己藏起来呢?"小姐身边的老侍女也劝小姐说:"快到外边去吧,老是这样就没意思了。"被大家这么一劝,小姐才终于梳洗打扮一番之后来到了明亮的地方。

在"末摘花"这个故事中,因为那位小姐是个红鼻头的丑女,见到真容后的源氏顿时失去了兴趣,这个故事常常是被当作笑话来讲的,但有这样的笑话存在,本身就说明了男人在不知对方长相的情况下去女方家走婚的事是很普遍的。首先就连牵线搭桥的大辅命妇都没见过小姐的庐山真面目,只说是:"此女品性、相貌如何,我所知不详……有时我找她有事,也要隔着帷屏与我说话。"可见她只是隔着幔帐和小姐说过话,知道"可与之互诉衷肠者唯琴弦而已",除此之外再没有更多的信息。用如此少得可怜的信息来牵线搭桥的人已是不可思议,而因此被勾起好奇心,在不知道对方庐山真面目的情况下屡屡求欢的男人也实在有些过头。对于重视个性的现代男人来说,如果只是一夜逢场作戏也许不好说，但如果是在那种情况下真情实意地恋爱，恐怕是做梦也想不到的事。然而正如我前面所说的那样，这在平安朝的贵族间是十分稀松平常的事。古时的女子是名副其实的"深闺佳人"，藏在翠帐红闺的深处，加上当时的建筑采光不好，大白天都昏昏暗暗的，更不要说黑灯瞎火的夜晚了，就算在一个房间里鼻子碰鼻子地看也不一定看得清楚。也就是说，女人们悄无声息地住在深闺之中，她们与外界隔着重重的帷幔和帘帐，男人们所感觉到的女人就是衣衫窸窣的声响，和萦绕在她们周围的幽香，就算与她们十分接近的时候，也不过是她们皮肤的触感和长发的摩挲罢了。

在这儿我想起一点题外话，那是十多年前了，我曾经在现在的北平，当时的北京待过一段时间，那时我感觉夜晚非常黑暗。听说近年来那座城市也通了市内电车，街道也应该变得明亮和热闹了不少，但那个时候正是世界大战硝烟弥漫的时候，除了城外的青楼剧院等场所，一到晚上就一片漆黑。大马路上或许还有零星的灯光，走到小路巷道里那真是伸手不见五指,连萤火虫般微弱的光都看不见。那时候北京的宅院都围在高高的土墙之内,形成一个个小小的城郭,厚厚的木板门关得紧紧的,不留一丝缝隙,而那门里面还立着一面叫作"照壁"的类似于屏风一样的墙壁,人们的居所就这样被锁在重围之中,从里面没有一点灯光或人语泄漏出来,只有让人毛骨悚然的废墟一般的墙壁默然伫立在黑暗中。有一次,我从那些墙壁与墙壁之间形成的一条曲折的巷道经过,刚开始我只是无意识地走着,可是不管怎么走都是一样的黑暗和寂静,不一会儿我的心里就生出一种莫名的恐惧,好像被什么东西追赶着似的,我惶恐地一路跑过了那条胡同。

其实现代的都市人根本不知道真正的夜晚是什么样的。不,不光是都市里的人,如今已是相当偏僻的小城镇都装饰上铃兰灯的时代了,黑暗逐渐被驱逐,人们都已经忘却了黑暗的存在。我走在北京的黑暗中的时候就想:这才是真正的黑夜,对于夜晚的黑暗,我已经遗忘很久了。那时我想起了自己小时候度过的,在灯笼的微光下入眠的夜晚,那时的夜晚是那样凶猛,那样寂寞,那样粗暴,那样难耐,我竟然感到一种不可思议的怀念。

至少明治十年代出生的人应该还记得,那个时候东京的夜晚就和北京差不多。从茅场町的家里到蛎壳町的亲戚家,过了铠桥就只有短短五六町的距离,我还记得就是这段短短的距离,我和弟弟经常是气喘吁吁狂奔而过的。不用说,那时候的平民区哪怕是最中心的地方,也没有哪个女人敢一个人走夜路的。十年前的北京和四十年前的东京都是这个样子的话,更不用说近千年以前的京都了,其夜晚的黑暗和寂静简直是超乎想象的。想到这里,再结合"射干珠①一般的夜晚"以及"夜的黑发"这样的词语来看,我能够清晰地读取那个时候的女人挥之不去的优雅与神秘。

"女人"与"黑夜",无论现在还是从前都是密不可分的。但现代的黑夜用胜过太阳光辉的绚烂夺目的光彩将女性的裸体照得一览无余,而古时

---

① 指一种叫"射干"的植物(鸢尾科)的种子,黑色,在诗歌中常被用作"夜"的枕词。

的黑夜却用神秘的黑帐把深闺中的女人重重包裹起来。我们不应该忘记渡边纲在戾桥上遇见女鬼①,赖光被妖精土蜘蛛袭击②,都是发生在这样的凶猛可怕的黑夜。"江波滚滚来,不见佳人顾,梦中夜路黑,何须避耳目?""念君切切时,反着夜衣寐,漫漫长夜苦,愿得梦中会。"③还有很多古时候种种关于夜晚的诗歌,只有在以此为前提的情况下去品味才会有真实的感觉。在我看来,对于古人来说,白天和夜晚应该是完全不同的两个世界吧。白昼的明亮与夜晚的黑暗形成了多么强烈的对比啊。一夜天明,昨晚那无尽深渊一般的黑暗世界瞬间消失得无影无踪,天空湛蓝晴朗,太阳散发着耀眼的光辉。仰望着白日青天回想起昨夜的情景,会觉得夜晚是一种不可思议的奇异幻境,仿佛是神秘莫测的世外之物一般。和泉式部在歌中咏叹"春宵易逝如梦幻",的确,回想起转瞬即

---

① 渡边纲,平安时代中期的武将,相传曾在京都一条戾桥上遭遇女鬼,并砍下了女鬼的一只手臂。
② 平安中期大将,因传说中多次与麾下"赖光四天王"一起击退妖魔鬼怪而闻名。
③ 作者是日本著名女歌人小野小町。古时有睡衣反过来穿就能在梦里见到思念的人的迷信。

逝的春夜的绵绵情话,就算不是和泉式部,任何人都会觉得"如梦幻"一般吧。

女人始终隐藏在夜晚黑暗的深处,白天更看不见她们的身影,她们只会像幻影一般出现在"如梦幻"的黑夜世界里。她们就是黑暗的自然界所孕育出的一个凄艳的魑魅,如月光一般苍白,如虫鸣一般幽寂,如草叶上的露珠一般转瞬即逝。古时的男女互赠恋歌时,总是把他们的恋爱比作月亮或露珠,这决不是我们现在一般考虑的那样只是一种不经意的比喻。同床共枕之后的早晨,男人踏草而归,露水打湿了衣袖,对于男人来说,露水、月光、虫鸣、恋情之间有着极为紧密的联系,有时候甚至是融为一体的。很多人批评《源氏物语》之后的古代小说中,女性的性格大都雷同,没有描写出女性的个性,然而古时的男子既不是恋上了某个女人的个性,也不是被某个特定女人的容貌美、肉体美所吸引。对于他们来说,就像月亮永远是同一个月亮一样,"女人"也永远都是同样一个"女人"。他们在黑暗中聆听女人细微的声响、闻着女人衣服上的清香,抚摸女人的头发和柔滑的肌肤,对男人来说,可能这些随着天明就会消失不见的感觉,就是女人吧。

我曾在小说《食蓼虫》①中,借主人公之口对木偶净琉璃戏作了如下的描述——

……耐着性子注视一番之后,操纵木偶的人最后也被挡在眼帘之外,小春现在已经不是被文五郎抱在手里,而是实实在在坐在榻榻米上。可即使如此还是和真人扮演的感觉有所不同。梅幸或福助扮演的小春,无论他们的演技如何高超,始终带着他们自己的影子,而这个小春却完完全全就是小春本身。要说没有演员那样丰富的表情是一个不足之处也无可厚非,但仔细想来,以前花街柳巷里的女人应该是不会像戏里演的那样把喜怒哀乐都写在脸上的。生活在元禄时代的小春恐怕更接近于一个"人偶一般的女人"吧。就算事实并非如此,但可以肯定的是来欣赏木偶净琉璃戏的人们心目中的

---

① 谷崎润一郎的长篇小说,一九二八年十二月至一九二九年六月连载于《大阪每日新闻》与《东京日日新闻》。

理想的小春形象不是梅幸或福助扮演的小春,而是这个人偶的小春。我相信以前的人心目中理想的美人是不轻易展现个性,谨小慎微的女人,所以这个人偶小春的形象恰到好处,甚至再多一些特征反而会显得多余。在古时的人们心里,也许小春、梅川、三胜、阿俊等等都是差不多的面孔吧。换句话说,这个人偶小春的形象才正是日本传统中"永远的女性"的形象……

这一点不仅限于木偶戏,卷轴或浮世绘中的美人大都给人同样的感觉。虽然随着时代和作者的不同,美人的类型也有几分变化,但那个有名的隆能源氏①之后的卷轴画中的美人统统都是一个样子,完全没有个人的特色,甚至让人产生一种疑惑:难道平安朝的女人都长着同样一张脸吗?在浮世绘中也有同样的情况存在,虽然演员的头像画不在此列,但至少描绘女人相貌的画中都有这种倾向。虽然歌麿的画有歌麿的特点,春信的画

---

① 即"源氏物语绘卷",是日本平安时代末期的艺术作品,现存最古老的以长篇小说《源氏物语》为题材的绘画作品,又称"隆能源氏",被指定为日本国宝。

有春信的喜好,但他们都各自不停地画着同样的脸。成为他们画中题材的女人有妓女、艺伎、商家的女儿、女官以及其他各种各样的女人,但都不过是在同一张脸上稍微加上一些不同的服饰或发型罢了。这样一来,我们就可以从每个画家众多的画作中发现他们理想的女性的容貌,并通过找到她们的共同点来想象出日本典型的"美女"形象。毫无疑问,以前的浮世绘巨匠们并不是缺乏从对象身上发现其个人特色的能力,也不是没有将这些个性化的东西描绘出来的高超画技,恐怕他们所相信的反而是,抹杀掉个性色彩才更具美感,才是一个画家高超画技的体现吧。

我觉得一般情况下东方式的教育方针往往和西方正好相反,总是尽可能地抹杀人的个性。就拿文学艺术方面来说吧,我们理想中的艺术并不在于开创前无古人的美的新领域,而在于让自己也达到自古以来的诗圣歌圣们所达到的境界。文艺的极致——美这种东西自古以来就是亘古不变的,历代的诗人歌人们不断重复着对它的吟诵,竭尽全力做到登峰造极。有一首歌是这么写的:

"登峰路几多,高岭月一轮",正如芭蕉①的境界也就是西行②的境界一样,虽然随着时代的变化文体和形式上有所同,但目标始终都是那唯一的一轮"高岭月"。这一点不光体现在文学上,如果你观察一下绘画,尤其是南画③,就能明白我说得不假。看看南画中的精品杰作,无论山水竹石,虽有各人技巧上的不同,但画中传达出来的神韵——或者说禅意、风韵、烟霞之气——始终让人感受到一种进入悟道禅境的崇高之美,这种气韵正是南画大师们共同追求的终极目的。南画画家们常为自己的画作题上"仿某某人笔意"的字样,说明他们尽量隐去自我而承袭前人,从这一点来看,之所以中国绘画自古多赝品,且赝品制作精良者甚多,也许并不一定是出于欺人之心。对他们来说个人的功名并不是问题,也许他们能够从与古人的一致当中感受到快乐吧。这么说的一个证据就是,

---

① 松尾芭蕉,是日本江户时代前期的一位俳谐师,被誉为日本"俳圣"。
② 西行,是平安时代末期至镰仓时代初期的武士、僧侣、歌人。
③ 受中国南宗画影响,流行于江户中期的具有浓郁中国趣味的画派,也叫"文人画"。

虽是赝品但却倾注了作者极大的热情,要做到以假乱真需要其自身具有高超的画技和旺盛的精力,只是利欲熏心的人是很难做出那样的精品来的。所以如果说主要目的在于达到古人开拓的美的境界,而不在于主张自我个性的话,作者的名字就显得并不重要了。

孔子的理想在于恢复尧舜之政,常常讲的是"先王之道"。这种不断以古人为模范,竭力向其复归的倾向可以说正是妨碍东方人进步的原因所在,但不管是好是坏,这就是我们祖先的生活方式,他们在伦理道德的修养上也是以遵守先哲之道为第一要务,而不是主张自我。尤其是女人,也正是因为如此她们才会抹杀自我个性,摒弃个人情感,竭力用既定的"贞女"模范来塑造自己的吧。

日语中有一个词叫作"色气"。这个词很难翻译成西方语言。最近由埃丽娜·格林发明的"it"①一词从美国传到了日本,但这个词的含义

---

① 这里是"性感"的意思,这个词因为美国小说家埃丽娜·格林原作的电影《it》(1927年)而流行。

和"色气"相去甚远。像电影中的克拉拉·伯恩①那样的才是充满了"it"的女人,但那恐怕是和"色气"最不沾边的女人了。

以前的家庭中因为有公公婆婆共同居住,媳妇反而更有"色气",很多丈夫因此感到高兴。今天的新郎新娘们就算父母亲健在也大都分开居住,也许并不能真切地体会。媳妇儿要顾虑到公婆的存在,只能在暗地里向丈夫撒娇或寻求丈夫的亲昵——从端庄的态度中隐约可以窥见——男人们从那种姿态表情中感受到一种难以名状的魅惑。压抑在心中的情感像纸包不住的火一样,不时地在无意识中通过言语和姿态含蓄地表露出来,这样的表露比起放纵和露骨的表达更能吸引男人的心。所谓"色气"指的就是这种含蓄的情感表露。而情感的表达如果超出细腻、纤弱的范畴,变得越是积极就越是被认为缺少"色气"。

"色气"本来是一种无意识中的散发出的气质,有的人与生俱来,有的人却与之无缘,如果是没有这种气质的人,就算想方设法去营造也只会

---

① 克拉拉·伯恩(1905—1965),美国演员。

显得低俗和不自然而已。有的人虽然面容姣好但却缺少"色气",而有的人则相反,虽然容貌不佳但声音、肤质、体态中却不可思议地透着"色气"。在西方,人们审视个体的女人的时候,她们之间一定也有这样的区别,但由于化妆法和情感的表达方法过于技巧化和具有煽动性,所以很多时候"色气"的效果被抹煞了。

生来具有"色气"的人自然不用说了,就算是本来缺乏"色气"的人,当她竭力想要把内心深处的情感——抑或是情欲——包裹起来,并试图把它藏得更深的时候,她的这种心境反而会带上一种风情表露出来。从这一点来考虑的话,可以说对女子进行的儒教式教育或武士道式的教育——也就是女子大学中的贞女教育——在一定程度上也是最能塑造出有"色气"的女人的。

很多人认为东方女人虽然在姿态美、骨骼美方面逊色于西方女人,但在皮肤的细腻和美感上却要优于她们。这不光是我个人的一点浅薄经验,很多行家也在这一点上达成共识,就连西方人中有同感的也不在少数,但我在这里还想更进一步指出，在皮肤的触感方面（至少对于我们日本人来说）东方女人也要胜过西方女人。西方女人的肉体无论是色泽还是匀称度，远观的时候的确很有魅力，然而走近一看，往往肌理粗糙，汗毛丛生，大煞风景。而且，外表看上去四肢苗条紧致，很像日本人喜欢的敦实的类型，然而实际捏一捏就会发现，她们四肢的肉十分柔软虚胖，没有那种紧凑而充实的手感。

也就是说从男人的角度来看，可以说西方女人更适合从远处欣赏而不是揽入怀中，而东方女人则相反。据我所知，要说皮肤的光滑细腻，中国女人数第一，但日本女人的皮肤和西方人比起来也要精致得多，虽然颜色不够白皙，但有时候带着浅黄色的皮肤反而更具一种深沉和含蓄。毕竟从《源氏物语》的平安朝到德川时代的漫长岁月中，日本男人从来没有机会在亮堂堂的地方将女人的整个身体看个仔仔细细清清楚楚，而总是在兰灯微照的闺房中，用手爱抚她们身体的一部分，日本女人的肌肤大概是这种情况下长期以来自然形成的结果吧。

克拉拉·伯恩的"it"和女大学生的"色气"哪个更好,这是人各有所好的问题,不是我说了算的,但我担心的是,在今天这样一个美国式暴露狂时代——各种演出流行,女人的裸体变得司空见惯的时代,"it"的魅力会不会渐渐消失呢?无论对怎样的美女来说,全裸已经是暴露的极限,当人们对裸体变得钝感,那么"it"也将失去挑起人们欲望的力量吧。

谷崎润一郎生平简历

明治十九年 (1886年)	七月二十四日,生于东京市日本桥区(现在的中央区日本桥人形町)。父亲仓五郎,母亲阿关。谷崎润一郎为家中次子,长子夭折。
明治四十一年 (1908年)	七月,于第一高中英文科毕业,进入东京帝国大学国文科学习。
明治四十四年 (1911年)	十一月,因永井荷风的赞赏(发表于《三田文学》的《谷崎润一郎氏的作品》)在文坛崭露头角。十二月,由籾山书店出版发行短篇小说集《刺青》。
大正七年 (1918年)	十一月上旬,独自前往中国旅行。十二月末,归国。

昭和二年 (1927年)	二月,与芥川龙之介展开论争。同月,由改造社出版发行《谷崎润一郎集》。
昭和六年 (1931年)	四月,发表《恋爱及色情》。
昭和八年 (1933年)	六月,发表《春琴抄》。十二月,发表《阴翳礼赞》。
昭和十三年 (1938年)	九月,现代文译本《源氏物语》经山田孝雄校阅后脱稿。准备两年,执笔三年,共花费五年的时间。
昭和十七年 (1942年)	从这一年开始执笔《细雪》。
昭和二十二年 (1947年)	十一月,以《细雪》获得每日出版文化奖。
昭和二十三年 (1948年)	五月,耗时七年的《细雪》全部完成。十二月,由中央公论社出版发行《细雪》(下卷)。
昭和二十八年 (1953年)	六月,由角川书店出版发行《谷崎润一郎集》。九月,由中央公论社出版发行《谷崎润一郎文库》(全十卷)。

昭和二十九年 (1954年)	二月,由角川书店出版发行《续谷崎润一郎集》。七月,《润一郎新译源氏物语》脱稿。
昭和三十九年 (1964年)	六月,成为日本人中第一个全美艺术院·美国文学艺术院名誉会员。十一月,由中央公论社出版发行《新新译源氏物语》。
昭和四十年 (1965年)	七月三十日,因肾功能衰竭并发心功能衰竭,于汤河原的家中去世。八月三日,在青山葬仪所举行葬礼。九月二十五日,于京都市左京区法然院安葬。戒名安乐寿院功誉文林德润居士。十一月六日,百日忌之时部分骨灰移葬至东京都丰岛区染井墓地慈眼寺双亲之墓。

主要作品表

《刺青》

《恶魔》

《痴人之爱》

《食蓼虫》

《春琴抄》

《细雪》

《少将滋干母亲》

《鸭东绮谭》

《疯癫老人日记》

《阴翳礼赞》

《新新译源氏物语》

しゅんきんしょう